W0239773

TROMPE-L'ŒIL

PATRICIA CORNWELL

TROMPE-L'ŒIL

TRADUIT DE L'ANGLAIS (ÉTATS-UNIS)
PAR JEAN ESCH

ÉDITIONS DES 2 TERRES

Titre original américain :
THE FRONT

Éditeur original :
G. P. Putnam's Sons,
a division of Penguin Group (USA), Inc., New York

© Cornwell Enterprises, Inc., 2008

ISBN original : 978-0-399-15418-8

Pour la traduction française :
© Éditions des Deux Terres, octobre 2009

ISBN : 978-2-84893-069-5

Le Code de la propriété intellectuelle interdit les copies ou reproductions destinées à une utilisation collective. Toute représentation ou reproduction intégrale ou partielle faite par quelque procédé que ce soit, sans le consentement de l'auteur ou de ses ayants cause, est illicite et constitue une contrefaçon sanctionnée par les articles L.335-2 et suivants du Code de la propriété intellectuelle.

www.les-deux-terres.com

CHAPITRE 1

Win Garano dépose deux cappuccinos sur une table de pique-nique devant l'école de sciences politiques de l'université Harvard. En cet après-midi ensoleillé de la mi-mai, Harvard Square est bondé. Il s'assoit à califourchon sur un banc. Trop bien habillé, il transpire dans son costume Armani et ses chaussures en cuir noir Prada, quasiment certain que leur premier propriétaire est mort.

Il a eu un pressentiment quand la vendeuse du dépôt-vente lui a annoncé qu'il pouvait avoir cet ensemble « à peine porté » pour 99 dollars. Ensuite, elle lui a sorti des costumes, des chaussures, des ceintures, des cravates et même des chaussettes : DKNY, Hugo Boss, Gucci, Hermès, Ralph Lauren. Tout cela avait appartenu à « la même personne célèbre dont je ne peux pas vous dire le nom », et Win s'était souvenu que peu de temps auparavant, un joueur de l'équipe des Patriots s'était tué dans un accident de voiture. Quatre-vingt-dix kilos, un mètre quatre-vingts, musclé sans être un bœuf. Autrement dit, la corpulence de Win.

Assis seul à cette table de pique-nique, il se sent de plus en plus mal à l'aise. Des étudiants, des professeurs, l'élite – en jean ou en short pour la plupart, avec des sacs à dos –, sont rassemblés autour des autres tables, absorbés dans des conversations ne faisant guère référence à la conférence ennuyeuse que le procureur Monique Lamont vient de donner au Forum. Le thème : *Aucun voisin abandonné.* Win lui avait bien dit que c'était un titre déroutant, sans parler du sujet, d'une banalité incongrue dans un lieu nimbé d'une telle aura politique. Elle refusera sans doute de reconnaître qu'il avait raison. Il n'apprécie pas qu'elle lui ait enjoint de venir ici aujourd'hui, son jour de congé, pour pouvoir lui donner des ordres, le rabaisser. Noter ceci. Noter cela. Appeler Untel et Untel. Aller lui chercher un café. Au Starbucks. Cappuccino avec lait écrémé et sucrettes. Et il doit l'attendre dehors, en pleine chaleur, pendant qu'elle fraye à l'intérieur du Littauer Center climatisé.

L'air renfrogné, il la regarde sortir du bâtiment de briques, escortée par deux officiers en civil de la police de l'État du Massachusetts, où Win est inspecteur de la brigade criminelle, actuellement détaché auprès du service d'enquêtes du procureur du comté de Middlesex. Autrement dit, auprès de Lamont, qui l'a appelé chez lui hier soir pour lui annoncer que le transfert prenait effet immédiatement ; il était dispensé de ses tâches courantes. « Je vous expliquerai après ma conférence au Forum. Rendez-vous à quatorze heures. » Sans plus de détails.

Elle s'arrête pour donner une interview au correspondant local de la chaîne ABC, puis à une station de radio. Elle s'adresse ensuite à des journalistes du *Boston*

Globe et d'Associated Press, et à cet étudiant de Harvard, Cal Tradd, qui écrit dans le *Crimson* et se prend pour un reporter du *Washington Post*. La presse adore Lamont. La presse adore la détester. Nul n'est indifférent à la puissante et belle femme procureur, qui aujourd'hui ne passe pas inaperçue dans son tailleur vert éclatant. Escada. Dernière collection printemps-été. Elle semble boulimique des dépenses depuis quelque temps ; elle porte une nouvelle tenue quasiment chaque fois que Win la voit.

Elle continue à discuter avec Cal tandis qu'elle traverse d'un pas assuré l'esplanade de briques, en passant devant d'imposantes jardinières d'azalées, de rhododendrons, de cornouillers roses et blancs. Blond, les yeux bleus, Cal le beau gosse, toujours si *cool* et serein, si sûr de lui, jamais paniqué, jamais un froncement de sourcils, toujours si agréable. Il dit quelque chose tout en écrivant dans son carnet, et Lamont hoche la tête ; il ajoute autre chose et elle continue à hocher la tête. Win aimerait tant que ce type fasse une connerie, qu'il se fasse virer de Harvard. S'il se faisait recaler, ce serait encore mieux. Quelle plaie !

Lamont congédie Cal, fait signe à ses gardes du corps en civil qu'elle a besoin d'intimité et s'assoit en face de Win, les yeux masqués par des verres gris réfléchissants.

– Je crois que ça s'est bien passé.

Elle prend le gobelet de cappuccino sans même dire merci.

– Il n'y avait pas grand monde. Mais vous avez été entendue, semble-t-il.

– Visiblement, la plupart des gens, vous compris, n'ont pas conscience de l'ampleur du problème. (Ce ton sec qu'elle utilise quand son narcissisme vient d'être insulté !) Le déclin de la vie de quartier est potentiellement aussi destructeur que le réchauffement de la planète. Les citoyens n'ont aucun respect pour la loi, ils ne cherchent plus à s'entraider. Le week-end dernier, j'étais à New York, je me promenais dans Central Park et j'ai aperçu un sac à dos abandonné sur un banc. Croyez-vous que quelqu'un a songé à prévenir la police en pensant qu'il y avait peut-être un engin explosif à l'intérieur ? Non. Les gens passaient leur chemin, en se disant sans doute que si ça sautait, ce n'était pas leur problème du moment qu'ils n'étaient pas touchés.

– Le monde va très mal, Monique.

– Les gens ont sombré dans l'autosatisfaction et on va y remédier. J'ai planté le décor. Maintenant, on va mettre en scène le drame.

Chaque jour passé avec Lamont est un drame.

Elle joue avec son cappuccino ; elle regarde autour d'elle pour voir qui la regarde.

– Comment attirer l'attention ? reprend-elle. Comment inciter des personnes blasées et insensibles à s'intéresser à la criminalité ? À tel point qu'elles décident de s'impliquer au niveau le plus élémentaire ? Ça ne peut pas être une histoire de gangs, de drogue, de *carjacking*, de vol ou de cambriolage. Pourquoi ? Parce que les gens veulent un crime qui, soyons honnêtes, fait la une des journaux, mais ne les concerne pas directement.

– J'ignorais que les gens voulaient absolument un crime.

Win remarque une jeune femme maigre, avec de drôles de cheveux rouges, qui traîne près d'un érable du Japon, non loin de là. Habillée comme la poupée Raggedy Ann, jusqu'aux collants rayés et aux godillots. Il l'a déjà vue la semaine dernière, dans le centre de Cambridge, en train de zoner autour du palais de justice, sans doute en attendant de passer devant le juge. Pour un crime mineur, genre vol à l'étalage.

– Un meurtre sexuel jamais résolu, dit Lamont. Le 4 avril 1962 à Watertown.

– Je vois. Cette fois, ce n'est même pas une affaire enterrée, c'est une affaire décomposée, dit Win sans quitter Raggedy Ann des yeux. Je m'étonne que vous sachiez seulement où se trouve Watertown.

Dans le comté de Middlesex, sa juridiction, comme une soixantaine d'autres municipalités modestes dont elle n'a rien à faire.

– Superficie : onze kilomètres carrés ; population : trente-cinq mille habitants. Structure ethnique très diversifiée, récite-t-elle. Il se trouve que le crime parfait a été commis dans le microcosme parfait pour mon projet. Le chef de la police locale s'arrangera pour que vous fassiez équipe avec son inspectrice principale… Vous savez, celle qui conduit une monstrueuse fourgonnette équipée pour les scènes de crime. Oh, zut, comment est-ce qu'ils l'appellent ?…

– Stump. « Le Moignon ».

– Exact. Parce qu'elle est petite et grosse.

– Elle a une prothèse ; elle a été amputée sous le genou, dit-il.

– Les flics sont parfois cruels. Je crois que vous vous êtes connus à l'épicerie du coin, où elle a un deuxième boulot. C'est un bon départ. Ça sert d'être ami avec quelqu'un en compagnie de qui on va passer pas mal de temps.

– Elle tient une épicerie fine très chic, ce n'est pas juste un deuxième boulot et nous ne sommes pas amis.

– Vous semblez sur la défensive. Vous êtes sortis ensemble et ça n'a pas marché ? Dans ce cas, ça pourrait poser un problème.

– Nous n'avons aucun lien personnel, je n'ai même jamais mené d'enquête avec elle, dit Win. Contrairement à vous, je suppose, vu que les crimes sont légion à Watertown et qu'elle est là depuis aussi longtemps que vous.

– Pourquoi dites-vous ça ? Elle vous a parlé de moi ?

– Généralement, on ne parle pas boulot.

Lamont jette un coup d'œil à sa montre.

– Venons-en aux éléments de l'affaire. Janie Brolin.

– Jamais entendu parler.

– Une Britannique. Elle était aveugle. Elle avait décidé de passer un an aux États-Unis, elle avait choisi Watertown, sans doute à cause de Perkins, la plus célèbre école pour non-voyants au monde, paraît-il. C'est là qu'est allée Helen Keller.

– L'école Perkins ne se trouvait pas à Watertown à l'époque de Helen Keller. Elle était à Boston.

– Comment se fait-il que vous sachiez une chose aussi futile ?

– Je suis une personne futile. Visiblement, vous mijotez ce *drame* depuis un moment. Pourquoi avoir attendu la dernière minute pour m'en parler ?

– C'est un sujet très sensible qui doit être traité avec la plus grande discrétion. Imaginez que vous êtes aveugle, et vous vous apercevez qu'il y a un intrus dans votre appartement. À cette circonstance horrible vient s'ajouter un élément beaucoup plus important. Vous allez découvrir, je pense, qu'elle a peut-être été la première victime de l'Étrangleur de Boston.

– Au début d'avril 1962, avez-vous dit ? (Win fronce les sourcils.) Le premier meurtre qu'on attribue à l'Étrangleur de Boston a été commis deux mois plus tard, en juin.

– Ça ne veut pas dire qu'il n'a pas tué avant, mais que l'on n'a pas établi de lien entre lui et des affaires antérieures.

– Comment comptez-vous prouver que le meurtre de Janie Brolin – ou les treize autres meurtres attribués à l'Étrangleur d'ailleurs – a été commis par ce type, alors qu'on n'a jamais su réellement qui il était ?

– On possède l'ADN d'Albert DeSalvo.

– Personne n'a jamais pu prouver qu'il était l'Étrangleur. Plus important : possède-t-on des échantillons d'ADN dans l'affaire Janie Brolin, pour établir une comparaison ?

– À vous de le découvrir.

Il devine à son attitude qu'il n'y a pas d'échantillons d'ADN et qu'elle le sait foutrement bien. Pourquoi y en aurait-il quarante-cinq ans plus tard ? En ce temps-là les analyses ADN n'existaient pas, on ne pensait même pas que ça existerait un jour. Dès lors, inutile d'espérer confirmer ou infirmer quoi que ce soit, pense-t-il.

– Il n'est jamais trop tard pour rendre justice, pontifie Lamont. (Elle « lamontifie », comme il dit.) Il est temps d'unir les citoyens et la police dans le combat contre le crime. Nous devons reprendre le contrôle de nos quartiers, pas uniquement ici, dans le monde entier. (C'est exactement ce qu'elle vient de dire au cours de sa conférence si ennuyeuse.) Nous allons créer un modèle qui sera étudié partout.

Raggedy Ann envoie des SMS sur son portable. Elle a l'air stupide. Harvard Square est rempli de tarés. L'autre jour, Win a vu un type lécher le trottoir devant la coopérative.

– Bien entendu, pas un mot de tout cela à la presse tant que l'affaire n'a pas été résolue. Ensuite, ça viendra de moi, évidemment. Il fait trop chaud pour un mois de mai, se lamente-t-elle en se levant de son banc. Watertown, demain matin, dix heures tapantes, dans le bureau du chef de la police.

Elle lui laisse le soin de jeter dans la poubelle le cappuccino auquel elle n'a presque pas touché.

Une heure plus tard, Win est en train de terminer sa troisième série d'exercices sur le banc de musculation lorsque son iPhone vibre comme un gros insecte. Il le prend, s'essuie le visage avec une serviette et coince l'écouteur sans fil dans son oreille.

– Désolée, tu devras te débrouiller seul, dit Stump en réponse au message vocal qu'il lui a laissé.

– On en parlera plus tard.

Il n'a pas l'intention d'évoquer ce sujet au milieu de la salle de gym du Charles Hotel, qu'il n'a pas les moyens de s'offrir, mais qu'il a le droit de fréquenter en échange de ses conseils en matière de sécurité et de ses relations.

Dans les vestiaires, il se douche rapidement et remet les mêmes affaires, à l'exception des chaussures, qu'il troque contre des bottes de moto. Il récupère son casque, son blouson renforcé et ses gants. Sa moto est garée devant l'hôtel, une Ducati Monster rouge, protégée par des cônes en plastique à son emplacement réservé sur le trottoir. Il fourre son sac de sport à l'intérieur du top-case et le verrouille, lorsqu'il voit approcher Cal Tradd.

Celui-ci dit :

– Je pensais qu'un type comme vous conduirait plutôt une Superbike.

– Ah bon ? Et pourquoi ça ?

Win n'a pas pu se retenir. Il n'a aucune envie d'engager la conversation avec ce petit connard d'enfant gâté, mais il est déstabilisé, il n'aurait jamais imaginé que Cal s'y connaisse en motos, et certainement pas la Ducati 1098 S Superbike.

– J'ai toujours rêvé d'en avoir une, répond Cal. Ducati, Moto Guzzi, Ghezzi-Brian. Mais quand vous commencez les leçons de piano à cinq ans, vous pouvez même dire adieu au skateboard.

Win en a plus que marre qu'il lui rappelle ça sans arrêt. Le mini-Mozart qui donnait des concerts à cinq ans.

– Alors, quand est-ce qu'on fait une virée ensemble ? insiste Cal.

– Vous ne comprenez pas le sens des mots « non » ou « jamais » ? Je n'ai pas de siège enfant et je déteste la publicité. Je vous l'ai déjà dit au moins… une cinquantaine de fois, non ?

Cal plonge la main dans la poche de son pantalon de toile et en sort une feuille de papier pliée qu'il tend à Win.

– Mes numéros. Ceux que vous avez probablement jetés la dernière fois que je vous les ai donnés. Peut-être que vous m'appellerez, que vous m'accorderez une chance. Comme l'a dit Monique à sa conférence, les flics et les citoyens doivent travailler main dans la main. Il se passe un tas de trucs moches par ici.

Win s'éloigne sans même un « À plus tard ! », il marche vers chez Pittinelli, l'épicerie fine, encore un endroit au-dessus de ses moyens. Il lui a fallu du courage pour s'y aventurer, il y a environ deux mois, et voir s'il pouvait trouver un arrangement avec Stump, dont il avait entendu parler sans jamais la rencontrer. Ils ne sont pas amis, sans doute même qu'ils ne sont pas faits pour s'entendre, mais ils ont conclu un accord avantageux pour tous les deux. Elle lui fait des prix car il appartient à la police d'État et il est basé à Cambridge, là où se trouve son épicerie. Résultat, les flics de Cambridge ne mettent plus de PV aux camions de livraison de Pittinelli quand ils dépassent la durée de stationnement limitée à dix minutes.

Il pousse la porte et tombe nez à nez avec Raggedy Ann, qui sort au même moment en jetant une canette de Fresca vide dans une poubelle. La cinglée fait mine de ne pas le voir, comme tout à l'heure devant l'école de sciences politiques. Maintenant qu'il y repense, elle a également fait comme s'il était invisible la semaine dernière, quand elle traînait autour du palais de justice et qu'il est passé à quelques centimètres d'elle ; il lui a même dit : « Excusez-moi. »

De près, elle sent le talc. Peut-être que c'est tout ce maquillage qu'elle porte.

– Qu'est-ce qui se passe ? demande-t-il en lui bloquant le chemin. On n'arrête pas de se rencontrer, on dirait.

Elle le bouscule, s'éloigne à grands pas sur le trottoir encombré et s'engouffre dans une ruelle. Elle a disparu.

Stump est en train d'aligner des bouteilles d'huile d'olive sur un rayonnage ; dans l'air flottent des odeurs de fromages étrangers, de *prosciutto* et de salami. Un étudiant est assis derrière la caisse, plongé dans un livre de poche ; à part ça, la boutique est vide.

– Qu'est-ce qu'elle veut, cette Raggedy Ann ? demande Win.

Accroupie dans l'allée, Stump lève les yeux et lui tend une bouteille en forme de flasque.

– Frantoio Gaziello. Non filtrée, un peu herbeuse, avec un soupçon d'avocat. Tu vas adorer.

– Elle vient de sortir de ta boutique. Et juste avant ça, elle traînait autour de Lamont et moi dans Harvard Square. Je l'ai vue aussi devant le palais de justice. Ça fait un peu trop de coïncidences, non ?

Il étudie la bouteille d'huile d'olive, à la recherche du prix.

– Peut-être qu'elle m'espionne, ajoute-t-il.

– C'est certainement ce que je ferais si j'étais une pitoyable sans-abri dérangée qui se prend pour une poupée de chiffon. Elle doit venir d'un des refuges du coin. Elle entre et ressort sans jamais rien acheter, à part du Fresca.

– Elle l'a bu vite. À moins qu'elle ne l'ait pas fini. Elle l'a jeté dans la poubelle en sortant de ta boutique.

– C'est son truc. Elle regarde autour d'elle, elle boit son Fresca et s'en va. Elle a l'air inoffensive.

– Hmm. Elle commence à me faire flipper. Comment elle

s'appelle ? Quel refuge ? Je me dis que ça vaudrait peut-être la peine de se renseigner sur elle.

– Je sais juste qu'elle est un peu maboule.

Elle fait tourner son index au niveau de sa tempe.

– Depuis combien de temps es-tu au courant que Lamont va m'envoyer à Watertown ?

– Voyons voir… (Elle consulte sa montre.) Tu as laissé ton message il y a une heure et demie ? Je fais le calcul… Je le sais depuis une heure et demie.

– C'est bien ce que je pensais. Personne ne t'a rien dit ; elle fait tout pour qu'on ne s'entende pas, toi et moi, dès le départ.

– Je n'ai pas besoin d'une nouvelle occupation débile. Elle t'envoie à Watertown pour une mission secrète, ne viens pas pleurer dans mon giron.

Win s'accroupit à côté d'elle.

– Tu as déjà entendu parler de l'affaire Janie Brolin ?

– Impossible de grandir à Watertown sans entendre parler de cette affaire vieille d'un demi-siècle. Ta copine procureur n'est qu'une redoutable politicienne sans pitié.

– C'est aussi ton procureur, à moins que la police de Watertown n'ait fait sécession avec le comté de Middlesex.

– Écoute, dit-elle, ce n'est pas mon problème. Je me contrefiche de ce que mon chef et elle ont mijoté. Je ne marche pas.

– Étant donné que ça s'est produit à Watertown, étant donné qu'il n'y a pas de prescription pour les meurtres, techniquement parlant c'est ton problème si on rouvre le dossier. Et, manifestement, c'est le cas.

– Techniquement parlant, dans le Massachusetts, à de rares exceptions près comme Boston, les homicides sont du ressort de la police d'État. Vous nous le rappelez assez souvent quand vous débarquez sur les scènes de crime pour nous piquer l'enquête, même si vous ne connaissez rien à rien. Désolée, tu devras te débrouiller seul.

– Allons, Stump. Ne sois pas comme ça.

– On vient d'avoir un nouveau braquage de banque ce matin. (Elle continue à disposer les bouteilles sur l'étagère.) Le quatrième en trois semaines. Plus les vols dans les salons de coiffure, les vols de voitures, les cambriolages, les vols de cuivre, les crimes raciaux. Ça n'arrête pas. Je suis un peu trop occupée pour m'intéresser à des affaires qui datent d'avant ma naissance.

– Toujours le même braqueur de banques ?

– Toujours le même. Il tend un message à l'employé et vide la caisse. L'appel est transmis sur BAPERN (*Boston Area Police Emergency Radio Network*, le système de transmission qui permet aux flics de communiquer entre eux et de se porter assistance). Ça signifie que tous les flics de la planète débarquent avec les gyrophares et les sirènes à fond. Le centre-ville ressemble à une parade de Noël. Comme ça, notre Bonnie and Clyde à lui seul est sûr de savoir exactement où on est et il peut rester planqué jusqu'à ce qu'on reparte, ajoute-t-elle au moment où un client entre dans la boutique.

– C'est combien ?

Win parle de la bouteille d'huile d'olive qu'il tient toujours dans sa main.

D'autres clients arrivent. Il est presque dix-sept heures, les gens sortent du travail. Bientôt il ne restera que des places debout. Stump n'est pas flic pour l'argent et Win n'a jamais compris pourquoi elle ne quittait pas la police pour mener une vraie vie.

– Je te la fais à prix coûtant.

Elle se redresse, se rend dans un autre rayon, prend une bouteille de vin et la lui tend.

– Goûte ça et dis-moi ce que tu en penses.

Un pinot noir Wolf Hill 2002.

– OK. Merci. Mais pourquoi cette débauche de gentillesse tout à coup ?

– Pour t'adresser mes condoléances. Ce doit être tuant de travailler pour elle.

– Pendant que tu as pitié de moi, est-ce que je pourrais avoir un peu de gruyère, du cheddar, de l'Asiago, du rosbif, de la dinde, de la salade de riz sauvage et de la baguette ? Et aussi du sel de mer, deux kilos, ce serait parfait.

– La vache. Qu'est-ce que tu fous avec tout ça ? Tu organises des *margarita parties* pour la moitié de Boston ? lance-t-elle en se relevant, tellement à l'aise avec sa prothèse qu'il oublie parfois qu'elle en porte une. Allez, puisque j'ai pitié de toi, je t'offre un verre. Et de flic à flic, laisse-moi te donner un petit conseil.

Ils ramassent des boîtes vides qu'ils emportent dans la réserve au fond de la boutique ; elle ouvre le réfrigérateur encastré, sort deux sodas à la vanille *light* et ajoute :

– Il faut que tu te concentres sur le mobile.

– Celui du meurtrier ? demande Win, alors qu'ils prennent place autour d'une table pliante, au milieu des murs de caisses de vin, d'huile d'olive, de vinaigre, de moutarde et de chocolat.

– Celui de Lamont.

– Tu as dû mener pas mal d'enquêtes avec elle durant toutes ces années, et pourtant elle fait comme si vous ne vous étiez jamais rencontrées, dit-il.

– Ça ne m'étonne pas. Je parie qu'elle ne t'a pas parlé du soir où on était tellement torchées qu'elle a dû dormir sur mon canapé.

– Incroyable ! Elle n'adresse même pas la parole aux flics, je l'imagine mal se soûlant avec eux !

– C'était avant ton époque, dit Stump, qui a au moins cinq ans de plus que Win. Au bon vieux temps, avant qu'un alien s'empare de son corps, c'était un procureur très rentre-dedans, elle venait sur les scènes de crime, elle traînait avec nous. Un soir, après une histoire de meurtre-suicide, on a fini chez Sacco toutes les deux, et on a commencé à picoler ; on a tellement bu qu'on a laissé nos voitures sur place pour rentrer chez moi à pied. Le lendemain matin, on avait la gueule de bois et on s'est fait porter pâles.

– Impossible, tu parles de quelqu'un d'autre. (Win ne peut imaginer une telle chose ; il a une étrange sensation dans l'estomac.) Tu es sûre que ce n'était pas un autre procureur ? Peut-être qu'avec le temps tu as confondu ?

Stump éclate de rire.

– C'est Alzheimer, tu crois ? Hélas, la Lamont que tu connais ne se déplace plus sur les scènes de crime, sauf quand il y a des camions de la télé partout ; elle ne met presque plus les pieds dans un tribunal, elle n'adresse plus la parole aux flics, sauf pour leur donner des ordres, et la justice ne l'intéresse plus, il n'y a que le pouvoir qui compte. La Lamont que j'ai connue avait peut-être un ego démesuré, et alors ? Diplômée de Harvard, jolie, très intelligente. Mais correcte.

– Lamont et *correcte* ne se connaissent pas.

Win ne comprend pas pourquoi il est si furieux et jaloux de son territoire tout à coup, et il ne peut s'empêcher d'ajouter cruellement :

– On dirait que tu es atteinte du syndrome Walter Mitty. Peut-être que tu as été un tas de personnes différentes dans ta vie car celle avec qui je suis en train de boire un soda est courte sur pattes et grosse, d'après Lamont.

La seule chose courte chez Stump, c'est sa coupe de cheveux. Et elle n'est certainement pas grosse. À vrai dire, maintenant qu'il y prête attention, il doit avouer qu'elle est sacrément bien roulée ; elle doit beaucoup s'entraîner, en fait elle a un corps superbe. Et elle n'est pas vilaine. Un peu trop masculine peut-être.

– Je te serais reconnaissante de ne pas reluquer mes seins, dit-elle. Ne le prends pas mal, je dis ça à tous les hommes quand je me retrouve seule avec eux dans une arrière-boutique.

– Ne crois pas que je te drague, rétorque-t-il. Ne le prends pas mal, je dis ça à toutes les femmes quand je me retrouve seul avec elles. Je le dis aux hommes aussi quand le besoin se fait sentir. Façon de parler.

– J'ignorais que tu étais aussi culotté. Façon de parler. Arrogant, sans aucun doute. Mais canon.

Elle le regarde intensément. En sirotant son soda.

Yeux verts constellés de paillettes dorées. Belles dents. Lèvres sensuelles. Quelques rides.

– Autre règle de la maison, ajoute-t-elle. J'ai deux jambes.

– Bon sang ! Je n'ai pas parlé de ta jambe.

– C'est exactement ce que je veux dire. Je n'ai pas *une jambe.* J'en ai deux. Et j'ai bien vu que tu regardais.

– Si tu ne veux pas attirer l'attention sur ta prothèse, pourquoi est-ce que tu te fais appeler Stump ? Et surtout, pourquoi est-ce que tu tolères qu'on t'appelle Stump ?

– Tu n'as pas pensé un seul instant, je parie, qu'on me surnommait déjà Stump avant qu'il m'arrive un sale coup avec ma moto.

Win reste muet.

– Puisque tu es motard toi aussi, je vais te filer un tuyau, dit-elle. Ne laisse jamais un bouseux au volant de son pick-up te balancer contre une barrière de sécurité.

Win se souvient soudain qu'il a un soda entre les mains. Il boit une gorgée.

– Un autre conseil ? (Elle lance sa boîte vide dans une poubelle située à sept bons mètres.) Évite les allusions littéraires. J'ai enseigné la littérature anglaise avant de décider de devenir flic. Walter Mitty n'était pas un tas de personnes différentes, c'était un doux rêveur.

– D'où vient ce surnom, alors, si ça n'a rien à voir avec ta jambe ? Tu m'intrigues.

– Pourquoi Watertown ? C'est ça qui devrait t'intriguer.

– Parce que le meurtre a été commis là-bas, de toute évidence. Peut-être parce que Lamont te connaît, même si elle fait croire le contraire. Ou plutôt, elle t'a connue dans le temps. Avant que tu sois courte sur pattes et grosse.

– Elle ne supporte pas que je l'aie vue ivre et que je sache un tas de choses sur elle, en raison de ce qui s'est passé ce soir-là. Laisse tomber. Elle n'a pas choisi Watertown à cause de cette affaire. Elle a choisi cette affaire à cause de Watertown.

– Elle a choisi cette affaire parce que ce n'est pas n'importe quel meurtre non élucidé, réplique Win. Hélas, c'est un meurtre que les médias vont adorer. Une aveugle venue de Grande-Bretagne est violée, puis assassinée…

– Nul doute que Lamont saura exploiter le filon jusqu'au bout. Mais c'est un filon multiple. Elle a d'autres objectifs.

– Comme toujours.

– Ça concerne également le FRONT, dit Stump. (Fraternité et ressources, optimisons notre travail.) Le mois dernier, cinq autres polices ont rejoint notre coalition, ajoute-t-elle. On en est à soixante, on a accès à K-Neuf, au SWAT, à l'antiterrorisme, on peut enquêter sur les scènes de crime, et depuis peu, on a même un hélicoptère. On continue à se débrouiller avec les moyens du bord, mais on est en bonne voie pour être de moins en moins dépendants de la police d'État.

– Ce que je trouve formidable.

– Tu parles ! La police d'État déteste le FRONT. Lamont déteste le FRONT plus que n'importe qui, et quelle coïncidence, notre siège se trouve à Watertown ! Alors elle te fourre dans nos pattes, en s'arrangeant pour qu'on ressemble à des guignols. On est obligés de faire appel à un super-héros de la police du Massachusetts pour nous sauver, et comme ça, Lamont peut rappeler à tout le monde l'importance de la police d'État; il est donc normal qu'elle bénéficie de la totalité des crédits. Avec un formidable bonus à la clé si elle parvient à se venger de moi, à briser ma réputation, car elle ne me pardonnera jamais ce que je sais.

– Ce que tu sais ?

– Sur elle.

Il est évident que Stump n'a pas l'intention d'en dire plus.

– Je ne vois pas en quoi le fait qu'on élucide cette vieille affaire peut nuire à ton image.

– Qu'*on* élucide ? Oh, oh ! Je me tue à te le répéter : tu devras te débrouiller seul.

– Et tu te demandes pourquoi la police d'État n'aime pas... Bah, laisse tomber.

Elle se penche en avant, croise son regard et dit :

– Je te mets en garde, mais tu n'écoutes pas. Que l'affaire soit élucidée ou pas, Lamont veillera à ce que le FRONT soit ridiculisé. On se sert de toi d'une façon que tu ne peux même pas imaginer. Mais commence par réfléchir à ça : supposons que le FRONT devienne suffisamment important un de ces jours. Que se passera-t-il ? Peut-être que vous ne serez plus obligés de jouer les tyrans.

– On est soumis aux lois de l'État, comme vous, répond Win. Il ne s'agit pas de jouer les tyrans, et tu ne m'entendras jamais dire que le système est juste.

– Juste ? Il s'agit du plus grand conflit d'intérêts dans tous les États-Unis ! Vous autres, vous contrôlez toutes les enquêtes sur les homicides. Vos laboratoires analysent tous les indices. Même ces foutus légistes de la morgue appartiennent à la police d'État. Ensuite c'est le procureur, dont les services d'enquête gèrent tout ça, du début à la fin, qui instruit le dossier. Pour toi et moi, il s'agit de Lamont, qui rend des comptes à son supérieur, qui, lui, rend des comptes au gouverneur. Cela signifie, *de facto*, que le gouverneur chapeaute toutes les enquêtes sur les homicides dans le Massachusetts. Tu ne m'entraîneras pas dans cette galère. Cette histoire mène tout droit au désastre.

– Ton chef ne semble pas de cet avis.

– Peu importe son avis. Il est obligé de faire ce qu'elle dit. Et il ne portera pas le chapeau, il le refilera à quelqu'un d'autre. Crois-moi, dit Stump, fiche le camp pendant qu'il est encore temps.

CHAPITRE 2

Lamont a profité de sa réélection à l'automne dernier pour renvoyer tous les membres de son équipe. Les nouveaux départs, c'est une obsession chez elle. Surtout avec les gens. Une fois qu'ils ont rempli leur rôle, il est temps de procéder à un changement, ou plutôt, comme elle dit, à une *résurrection,* en se débarrassant de ce qui n'est plus essentiel.

Bien qu'elle ne soit pas du genre à gaspiller son énergie en cogitations d'ordre personnel, une lointaine partie d'elle-même a conscience que son incapacité à maintenir des relations à long terme risque de lui nuire à mesure qu'elle vieillit. Son père, par exemple, un homme beau et plein de charme qui avait merveilleusement réussi dans la vie, est mort seul à Paris l'an dernier, et son corps a été découvert seulement après plusieurs jours. En inspectant ses affaires, Lamont a trouvé des années de cadeaux d'anniversaire ou de Noël jamais ouverts, dont un certain nombre d'objets d'art en verre qu'elle lui avait offerts. Cela expliquait pourquoi il n'avait jamais pris la peine de faire appeler sa secrétaire ni de lui dicter un mot de remerciements.

Le palais de justice du comté de Middlesex est une tour en béton et briques située dans le cœur morne, rongé par la criminalité, du centre administratif de Cambridge. Le bureau de Lamont se trouve au premier étage. Lorsqu'elle sort de l'ascenseur et voit la porte du service des enquêtes fermée, sa météo interne vire à l'orage. Win ne sera pas de retour à son poste avant Dieu sait combien de temps. Maintenant qu'il a été muté à Watertown, elle aura du mal à exiger qu'il soit là chaque fois qu'elle le souhaite.

– Que se passe-t-il? demande-t-elle en trouvant son attaché de presse, Mick, assis sur le canapé dans son bureau en coin, en train de parler au téléphone.

Comme à son habitude, elle mime un couteau qui tranche une gorge pour lui ordonner de mettre fin immédiatement à cet appel. Ce qu'il fait.

– Ne me dites pas qu'il y a un problème. Je ne suis pas d'humeur à supporter des problèmes.

– On a un petit souci, répond Mick, encore débutant mais prometteur.

Il est beau, distingué, il présente bien et il fait ce qu'on lui demande. Lamont s'installe à son bureau de verre, à l'intérieur de son antre rempli d'objets en verre. Son palais de glace, comme dit Win.

– Si c'était un petit souci, vous ne seriez pas dans mon bureau, prêt à vous jeter sur moi dès mon arrivée, dit-elle.

– Désolé. Je ne dirai pas que je vous l'avais dit…

– Vous venez de le dire.

– J'ai souvent exprimé mon opinion sur votre ami journaliste.

Il parle de Cal Tradd. Lamont n'a pas envie d'entendre la suite.

– Laissez-moi trouver un moyen de formuler ça délicatement, dit Mick.

Il en faut beaucoup pour la déstabiliser, mais elle connaît les signes avant-coureurs. La poitrine qui se serre, un souffle glacé dans la nuque, une interruption du rythme régulier de son cœur.

– Que vous a-t-il dit ? demande-t-elle.

– Je me soucie surtout de ce que *vous* lui avez dit. Avez-vous fait quelque chose pour provoquer sa rancune ? demande Mick sans prendre de gants.

– De quoi parlez-vous ?

– Peut-être l'avez-vous vexé, d'une manière quelconque. En offrant, par exemple, cet article de une au *Globe* et pas à lui, le mois dernier.

– Pourquoi est-ce que je le lui offrirais ? Il travaille pour un journal d'étudiants.

– Pour quelle autre raison voudrait-il se venger ?

– Les gens n'ont jamais besoin de raison, apparemment.

– YouTube. Mis en ligne il y a quelques heures. Franchement, je ne sais pas comment on va faire.

– À quel sujet ? Et je vous signale que votre boulot consiste à savoir ce qu'il faut faire, dans tous les cas, rétorque-t-elle.

Mick se lève du canapé, avance vers elle, prend possession de son ordinateur et se connecte sur YouTube.

Un vidéo-clip.

Carly Simon chante *You're So Vain*, « Tu es si vaniteux », et on voit Lamont entrer dans des toilettes pour dames, s'arrêter devant un lavabo, ouvrir son sac à main en peau d'autruche. Elle retouche son maquillage devant la glace, elle s'arrange, elle étudie son visage et sa silhouette sous tous les angles ; elle fait des essais avec les boutons de son chemisier, lequel fermer, lequel laisser ouvert. Elle tire sur sa jupe, elle remet son collant en place. Puis elle ouvre la bouche en grand pour examiner ses dents. En fond sonore, un texte extrait de sa campagne de réélection : « Agissons contre le crime. Monique Lamont, procureur du comté de Middlesex. »

Mais à la place d'une paire de menottes qui se referme brutalement à la fin du spot, ce sont ses dents qui claquent dans le miroir.

– C'est à cause de ça que vous avez évoqué Cal ? (Sévère.) Vous avez immédiatement supposé que c'était lui le responsable ? Sur quelle base ?

– Il est comme votre ombre, il ne vous quitte pas. Il est immature. C'est typiquement le genre de choses que ferait un étudiant...

– Vous parlez d'une preuve ! (Sarcastique.) Heureusement que c'est moi le procureur et pas vous.

Mick secoue la tête, les yeux écarquillés.

– Vous allez prendre sa défense ?

– Il n'a pas pu faire une chose pareille. La personne qui a enregistré ça se trouvait dans les toilettes pour dames, assurément. Autrement dit, c'était une femme.

– Il a pu très facilement passer pour une fille...

– Mick. Cal me suit comme un chiot ; il a traîné autour de moi en permanence quand j'étais à l'école des sciences politiques. Il n'a pas eu le temps de jouer les travestis ou de se cacher dans les toilettes pour dames.

– Je ne savais pas...

– Évidemment. Vous n'étiez pas là. Mais vous avez raison : la priorité, dans tous les cas, c'est de découvrir qui m'a trahie. (Elle fait les cent pas.) Certainement une étudiante qui était dans un WC ; elle m'a vue par la porte entrouverte et elle a filmé tout ça avec son téléphone portable. C'est le prix à payer quand on est un personnage public. Personne ne prendra ça au sérieux.

Mick la regarde d'un air hébété, comme si elle venait de tomber d'une étagère et de se briser en mille morceaux, telle une de ses œuvres en verre.

– De plus, ajoute-t-elle, ce qui compte, c'est d'apparaître sous un jour flatteur. Et je suis heureuse d'affirmer que c'est le cas. (Elle se repasse le clip, rassurée par la beauté exotique de son visage, ses dents parfaites, ses jambes galbées et sa poitrine enviable.) Notez-le bien, Mick. C'est comme ça que ça marche ici.

– Pas exactement. Le gouverneur a appelé.

Elle cesse de faire les cent pas. Le gouverneur n'appelle jamais.

– Au sujet de YouTube, précise Mick. Il veut savoir qui se cache derrière.

– Voyons voir… J'ai dû l'inscrire quelque part.

– Quel que soit le coupable, c'est gênant. Et quand votre image en prend un coup, la sienne aussi, étant donné que c'est lui qui…

– Qu'a-t-il dit exactement ?

– Je ne lui ai pas parlé directement.

– Évidemment ! (Elle se remet à faire les cent pas rageusement.) Personne ne lui parle directement.

– Pas même vous.

Comme s'il était nécessaire de le lui rappeler.

– Après tout ce que vous avez fait pour lui, ajoute Mick. Vous ne l'avez pas vu une seule fois. Il ne répond pas à vos appels…

– On tient peut-être une occasion. (Elle lui coupe la parole une fois de plus ; ses pensées sont comme des boules de billard, elles s'éparpillent sur le tapis, elles rentrent dans les poches avec un bruit sec.) Oui. Absolument. La meilleure des vengeances, c'est le succès. Alors, que va-t-on faire ? Transformer cette débâcle à mon avantage. J'ai enfin la chance d'obtenir une audience auprès de Son Altesse et son soutien pour ma nouvelle initiative de lutte contre le crime. Quand il verra ce qu'il peut en tirer, ça l'intéressera.

Elle ordonne à Mick d'appeler le secrétaire du gouverneur. Immédiatement. Il faut qu'elle s'entretienne sur-le-champ avec Howard Mather, c'est urgent. Mick laisse entendre qu'elle devra peut-être « ramper », et Lamont lui rappelle qu'il ne doit jamais utiliser ce mot, sauf pour parler de quelqu'un d'autre. Toutefois, concède-t-elle, si elle reconnaît enfin Mather comme son mentor, cela aura un impact. Elle a vraiment besoin de ses conseils. Voilà qu'elle se retrouve soudain projetée dans un cauchemar d'attaché de presse. Elle craint que cela ne rejaillisse défavorablement sur lui et elle ne sait pas quoi faire.

– Il aura du mal à résister, ajoute-t-elle.

– Mais s'il résiste quand même ? Je fais quoi ?

– Arrêtez de me demander de faire votre boulot à votre place ! éructe-t-elle.

Dans un quartier très différent de Cambridge se trouve la maison en bois délabrée dans laquelle Win a été élevé par sa grand-mère, Nana. Envahi par le lierre, les buissons en fleur et les arbres, son jardin est devenu une colonie d'abris pour les oiseaux et les chauves-souris, et de mangeoires.

La moto de Win tressaute et dérape dans l'allée en terre creusée d'ornières. Il se gare derrière l'antique Buick de Nana. Quand il ôte son casque, ses oreilles s'emplissent de la musique de conte de fées des carillons qui dansent dans le vent, comme si des esprits magiques étaient perchés dans les arbres et l'avant-toit de chez Nana. Celle-ci affirme qu'ils chassent les entités malfaisantes et obsédantes, dont les voisins font certainement partie, se dit Win. Égoïstes, bornés et grossiers. Ils se disputent pour des allées communes, des places de parking privées. Ils regardent d'un œil méfiant le flot permanent des visiteurs qui viennent frapper à la porte de Nana.

Il ouvre le coffre de la vieille Buick, que Nana n'a pas pris la peine de fermer à clé, évidemment ; il y dépose son équipement de moto, puis ouvre la porte de derrière et enjambe la ligne de sel sur le sol. Sa grand-mère est assise dans la cuisine, en train d'emballer des feuilles de laurier dans de grandes bandes de ruban adhésif transparent, la télé diffuse de la musique classique. Miss Dog – sourde, aveugle et en théorie volée puisque Win l'a subtilisée à sa propriétaire qui la maltraitait – ronfle sous la table.

Il dépose son sac de sport sur le comptoir, puis un sac à dos rempli de provisions, et se penche vers Nana pour l'embrasser sur la joue.

– Ta voiture n'était pas fermée, comme d'habitude. Ta porte non plus et l'alarme n'est pas branchée.

– Mon petit chéri. (Ses yeux brillent, ses longs cheveux blancs comme neige sont relevés sur sa tête.) Raconte-moi ta journée.

Win ouvre le réfrigérateur et les placards ; il range les courses.

– Les feuilles de laurier ne repoussent pas les cambrioleurs, dit-il. C'est pour ça que tu as un système d'alarme et de bonnes serrures. Est-ce qu'au moins tu verrouilles tes portes et branches l'alarme la nuit ?

– Personne ne s'intéresse à une vieille femme qui n'a rien à voler. De plus, j'ai toute la protection dont j'ai besoin.

Win pousse un soupir, inutile de lui casser les pieds. Il s'assoit sur une chaise et pose ses mains sur ses genoux car il n'y a pas de place sur la table : chaque centimètre carré est occupé par des cristaux, des bougies, des statuettes, des icônes, des talismans, des porte-bonheur. Nana lui tend deux grandes feuilles de laurier plastifiées ; ses bijoux en argent tintent, elle porte une bague à chaque doigt, des bracelets jusqu'aux coudes.

– Mets ça dans tes bottes, mon chéri, dit-elle. Une dans la gauche, l'autre dans la droite. Ne fais pas comme la dernière fois.

– C'est-à-dire ?

Il glisse les feuilles dans sa poche.

– Tu ne les as pas mises dans tes chaussures, et qu'a fait la Bogue ? (C'est ainsi qu'elle surnomme Lamont : une enveloppe pleine de piquants, sans rien à l'intérieur.) Elle t'a confié un horrible travail. Dangereux. Le laurier est l'herbe d'Apollon. Quand tu la portes dans tes chaussures, dans tes bottes, tu prends appui sur la victoire. Fais bien attention à ce que la pointe soit dirigée vers l'avant et la tige vers le talon.

– Trop tard, je viens d'hériter d'un autre horrible travail.

– Plein de mensonges, dit Nana. Attention à ce que tu fais car ça n'est pas du tout ce qu'elle dit.

– Je sais de quoi il s'agit. L'ambition. L'égoïsme. L'hypocrisie. La vanité. L'envie de me persécuter.

Nana coupe une autre longueur de ruban adhésif.

– La justice est ce dont j'ai besoin, en pensées, en paroles et en actes. Je vois une enseigne qui tourne sur elle-même et des traces de pneus sur la chaussée. Des traces de dérapage. Qu'est-ce que ça signifie ?

Win pense à l'accident de moto de Stump.

– J'ai une idée, dit-il.

– Sois très prudent, mon chéri. Surtout sur ta moto. J'aimerais mieux que tu ne conduises pas cet engin.

Elle plastifie une autre feuille.

Quand le prix de l'essence s'est envolé, il a vendu son Hummer et acheté la Ducati. Quelle coïncidence : une semaine plus tard, Lamont a instauré un nouveau règlement stipulant que seuls les enquêteurs en service pouvaient rentrer chez eux avec leur véhicule de fonction.

– Pour ce soir ton vœu est exaucé, dit-il, car j'ai besoin de mettre de l'essence dans ton vieux cuirassé. Je te le rapporterai demain. Même si tu n'as aucune raison de prendre le volant.

Il ne peut pas l'empêcher de conduire. Alors il veille au moins à ce qu'elle ne tombe pas en panne sèche sur le bas-côté, en pleine nature. Nana a tendance à oublier les réalités triviales, comme mettre de l'essence dans sa voiture, vérifier le niveau d'huile, s'assurer que les papiers sont dans la boîte à gants, verrouiller ses portes, faire des courses, payer les factures. Des petites choses dans ce genre.

– Tes vêtements seront tout propres. Comme toujours, mon chéri. (Elle montre le sac de gym sur le comptoir.) Dès que quelque chose touche ton corps, la magie opère.

Encore un des rituels de Nana auquel il se soumet. Elle insiste pour laver à la main sa tenue de sport, dans une décoction spéciale qui lui donne une odeur de plantes aromatiques, après quoi elle l'enveloppe dans du papier de soie blanc, avant de la ranger dans son sac. Un troc journalier. Une histoire d'échange d'énergies. Quand il transpire, cela fait sortir l'énergie négative, remplacée par les herbes des dieux. Du moment que ça la rend heureuse. Toutes ces choses qu'il fait sans que les gens le sachent.

Miss Dog remue ; elle pose sa tête sur sa patte. Nana dépose une feuille de laurier au milieu d'une bande de ruban adhésif. Elle prend une boîte d'allumettes, elle allume une bougie de l'archange saint Michel dans un petit pot en verre coloré et dit :

– Quelqu'un fourre son nez partout et cette personne le paiera. Très cher.

– Fourrer son nez partout, c'est son activité quotidienne, répond Win.

– Non, pas la Bogue. Quelqu'un d'autre. Une créature non humaine.

Nana ne parle pas d'un animal ou d'une pierre. Pour elle, les « non-humains » sont des gens dangereux, incapables d'éprouver de l'amour ou des remords. En d'autres termes, des sociopathes.

– Une seule personne vient immédiatement à l'esprit, dit Win.

– Non. (Nana secoue la tête.) Mais elle est en danger.

Il tend la main au-dessus de la table, prend les clés de la voiture de Nana, accrochées au bras tendu d'une statuette égyptienne en céramique.

– Le danger lui évite de s'ennuyer, dit-il.

– Tu ne repartiras pas d'ici, mon chéri, sans avoir mis ces feuilles de laurier dans tes bottes.

Win ôte ses bottes de moto, y glisse les feuilles de laurier en s'assurant qu'elles sont orientées dans le bon sens, conformément aux instructions du fabricant.

Nana dit :

– Aujourd'hui, c'est le jour de la déesse Diana ; elle commande à l'argent et au cuivre. Le cuivre est l'ancien métal de la lune. Il transporte l'énergie spirituelle, et aussi la chaleur et l'électricité. Mais prends garde ! Il est également utilisé par des gens mauvais pour répandre les canulars. Voilà pourquoi on le vole à tour de bras de nos jours. Parce que le mensonge règne. L'esprit obscur de la haine et des mensonges domine la planète désormais.

– Tu regardes trop Lou Dobbs.

– J'adore cet homme ! La vérité est ton armure, mon

chéri. (Elle plonge la main dans une poche de sa longue jupe et en sort une petite bourse en cuir, qu'elle dépose dans la paume de Win.) Et voici ton épée.

Il défait les cordons. À l'intérieur se trouvent un penny étincelant et un petit cristal.

– Garde-les sur toi en permanence. Rassemblés, ils forment une baguette magique de cristal.

– Super, dit-il. Peut-être que je pourrai transformer Lamont en crapaud.

Peu de temps après le départ de Win, Nana emporte une boîte de sel dans sa salle de bains à l'étage, dont les miroirs octogonaux accrochés dans les coins renvoient l'énergie négative à l'expéditeur.

Maléfices par ici envoyés,
Retournez d'où vous venez !

Elle ne se couche jamais sans se laver, de crainte que les choses déplaisantes de la journée perdurent dans ses rêves. Elle sent la présence du non humain. Une présence enfantine, pleine d'espièglerie et de malveillance, de ressentiment et de fierté. Elle répand du sel sur le sol de la douche, fait couler l'eau et récite un autre sort :

Lune montante et soleil couchant,
Mon travail sacré n'est jamais fini.
Le souffle et la lumière pour moi sont unis.
Guerrier de la justice, je t'attends !

Le sel sous ses pieds attire la mauvaise énergie hors de son corps et l'envoie dans les canalisations. Elle conclut sa douche par une décoction de persil, de sauge, de romarin et de thé qu'elle a fait bouillir dans une théière en étain ce matin. Elle verse le mélange parfumé sur sa tête pour purifier son aura car son travail la met en présence de nombreuses personnalités, pas toutes bonnes, surtout celle-ci. La non humaine. Une jeune créature qui erre dans les parages. Elle est tout près maintenant, elle attend quelque chose de Nana, une chose qui lui est très chère.

– Mon plus puissant instrument de magie est mon être lui-même, dit-elle à voix haute. Je t'attraperai entre deux doigts ! lui lance-t-elle en guise d'avertissement.

Dans sa chambre, elle ouvre un tiroir d'où elle sort un petit sac en soie rouge rempli de clous en fer ; elle le glisse dans la poche gauche de sa chemise de nuit blanche toute propre. Elle s'assoit à côté de Miss Dog sur le lit et écrit dans son journal à la lumière des bougies blanches. Elle note ses réflexions habituelles sur la magie et les sortilèges, et l'œuvre du mage. Le journal est épais, relié en cuir d'Italie, et elle en remplit les pages, comme celles de nombreux autres journaux, depuis de nombreuses années, de sa large écriture ornée de pleins et de déliés. Une lourde fatigue s'abat sur elle, les bougies sont éteintes, elle a déjà un pied au pays du sommeil lorsqu'elle se redresse en sursaut dans le noir. Elle sort le sac de clous de la poche de sa chemise de nuit et le secoue bruyamment.

Miss Dog, sourde et en train de ronfler, ne bouge pas. Des bruits de pas en bas, sur le parquet du couloir, entre la cuisine et le salon.

Nana se lève d'un bond et fait tinter les clous encore une fois, tout en jaillissant hors de la chambre.

– Je te punirai selon la loi du trois fois trois ! lance-t-elle.

Les bruits de pas se précipitent. *Stomp-stomp-stomp-stomp.* La porte de la cuisine claque. Nana regarde par la fenêtre, elle voit une ombre courir en emportant quelque chose.

Elle dévale l'escalier, sort de la maison et erre dans son jardin envahi par la végétation, tandis que les carillons s'entrechoquent et tintent, agités et en colère. Elle ressent le vide de ce qui n'est plus là. Puis le bruit d'une voiture et au loin, au bout de la rue, deux feux arrière qui sont les yeux écarlates du diable.

CHAPITRE 3

À l'intérieur du laboratoire mobile du FRONT, Stump examine le message du braquage de banque de la journée, à la recherche de quelque chose, n'importe quoi. Encore un échec.

Prélever des empreintes sur du papier n'est pas aussi évident que dans les séries policières, et dans la vraie vie ce braqueur de banques n'a toujours pas laissé un seul indice utile. Elle interrompt ce qu'elle est en train de faire en entendant une voiture arriver. Son portable sonne au même moment.

– C'est moi. (L'irrésistible voix de baryton de Win.) Tu organises des visites ? Je suis devant ton gros camion.

Elle ôte ses gants en latex et ouvre le hayon. Win gravit les marches et plisse les yeux dans la lumière vive tandis qu'elle le laisse entrer, referme la lourde porte et lance les gants usagés dans la poubelle, à la manière d'un basketteur, avant d'en prendre une paire neuve dans une boîte.

– Comment tu as su que j'étais ici ? demande-t-elle.

– Tu as eu un nouveau braquage de banque aujourd'hui. Tu te souviens ? (Il s'approche du plan de travail.) Et voyons voir... Tu n'es pas à ta boutique. Alors j'ai appelé ton dispatcheur et je lui ai demandé où je pouvais te trouver.

– Tu es déplaisant et présomptueux. Ça ne me fait pas rire.

Elle a du mal à enfiler ses gants en latex.

– Qu'est-ce que tu as d'intéressant, là ?

S'il y a une chose qu'elle déteste, c'est un type si parfait qu'il ressemble à une pub pour les sous-vêtements Calvin Klein et qui, comme si ce n'était pas assez énervant, pense qu'il peut charmer n'importe qui. Eh bien, pas elle. D'ailleurs, en le rembarrant, elle lui rend service.

– Rien du tout, voilà ce que j'ai, répond-elle, agacée. C'est comme s'il portait des gants, mais je sais que ce n'est pas le cas.

– Tu es sûre ? Certaine ?

Il se rapproche.

Elle sent son odeur. Un soupçon d'eau de toilette épicée, masculine. Sans doute très chère, comme tout ce qu'il possède.

– Je parie que ça va te choquer, dit Stump, mais je sais reconnaître des gants quand j'en vois.

Elle rembobine la vidéo de surveillance et ajoute :

– Vas-y, fais comme chez toi.

La porte vitrée de la banque s'ouvre. On voit entrer un Blanc – ou peut-être un Hispanique –, il se comporte normalement, très à l'aise, il porte un survêtement bleu large et des lunettes de soleil, il a les cheveux bruns, une casquette de base-ball des Red Sox enfoncée sur le front, et il est assez intelligent pour savoir où sont les caméras et pour tourner la tête de l'autre côté. Pas d'autres clients à l'intérieur. Trois guichets; l'un d'eux occupé par une jeune femme. Elle sourit quand il approche, il lui glisse le message. Elle le regarde fixement, sans y toucher, la terreur se lit sur son visage. Elle s'énerve pour ouvrir la caisse, elle remplit un sac conçu à cet effet. Le type ressort en courant.

Win se penche en avant.

– Je voudrais revoir ses mains.

Stump fait revenir la bande en arrière et l'arrête pour qu'il puisse bien observer les mains du braqueur au moment où celui-ci fait glisser le message sous la vitre du guichet. Elle sent la proximité de Win, comme s'il réchauffait l'air.

– Pas de gants, en effet, confirme-t-il. *Idem* pour les autres braquages ?

– Pour l'instant.

– C'est un peu bizarre.

Le message de ce matin repose sur un papier de boucher propre. Win le regarde longuement; on dirait qu'il lit une page entière, et non la dizaine de mots, toujours les mêmes, que le braqueur écrit sur chaque message :

VIDEZ LA CAISSE DANS LE SAC.
IMMÉDIATEMENT ! J'AI UNE ARME.

Elle précise :

– Écriture lisible, au crayon, sur une feuille de papier blanc 10×15 arrachée à un bloc. Comme dans les trois affaires précédentes.

– Watertown, Somerville et maintenant Belmont, dit Win. Tous membres du FRONT, contrairement à Cambridge, qui n'a pas encore rejoint votre club privé, et…

– Pour quelle raison à ton avis ? le coupe-t-elle. Le quartier général de Lamont se trouve à Cambridge, et cette ville a son propre club privé, baptisé Harvard, qui possède plus ou moins Cambridge. Est-ce que ça pourrait avoir un rapport avec le fait que Cambridge n'a pas adhéré au FRONT et ne le fera sans doute jamais ?

– J'allais ajouter que ton braqueur ne s'est pas non plus attaqué à Boston, dit Win. Ce que je remarque, c'est que Watertown, Somerville et Belmont jouxtent Cambridge. Boston est tout près également. Il y a un tas de banques à Cambridge, sans parler de Boston, et pourtant ton braqueur a évité ces deux villes. Coïncidence ?

– C'est peut-être les prochaines sur la liste. (Elle ne voit pas du tout où il veut en venir.) Dans ce cas, je suppose que la personne que tu as en face de toi ne mettra pas la main à la pâte, étant donné que les flics de Cambridge et de Boston enquêtent eux-mêmes sur les scènes de crime, ils s'occupent de leurs indices.

– C'est justement ce que je veux dire. La police de Boston possède ses propres labos, et, à dire vrai, Cambridge a la priorité dans les labos de la police d'État grâce à Lamont.

– Et comme Cambridge n'a pas adhéré au FRONT, *à dire vrai*, les polices qui nous rejoignent sont punies. On nous traite comme si on était coupables de trahison.

Brutale. Apparemment, Win semble avoir le chic pour faire ressortir ses mauvais côtés.

– Si j'étais un braqueur de banques intelligent, reprend Win, je choisirais systématiquement des cibles où les forces de police sont limitées et où l'analyse des indices va prendre une éternité, en supposant qu'elle ait lieu.

– Là, tu parles de tout le comté de Middlesex, ou presque. Je ne vois pas où tu veux en venir.

– Ce que je veux dire, c'est que tu devrais peut-être te

demander où il *ne commet pas* ses crimes, plutôt que l'inverse. Supposons que ce type évite Boston et Cambridge. Pourquoi ? Peut-être pour les raisons que je viens de citer. Ou bien parce qu'il vit à Boston ou à Cambridge. Et il a peur que quelqu'un le reconnaisse.

– Dans ce cas, c'est peut-être toi qui braques les banques. Vu que tu as un chouette appartement à Cambridge.

– Qui a dit ça ?

– Quand j'ai quelqu'un dans le collimateur, je me renseigne sur lui, dit Stump. En tout cas, tu vis comme si tu braquais des banques.

– Tu ne sais absolument rien sur ma façon de vivre. Tu crois le savoir.

Stump pointe un doigt enveloppé de latex sur le message.

– Même orthographe, même ponctuation, mêmes majuscules d'imprimerie.

– Tu devrais plutôt mettre des gants en coton. Le latex, ça fait baver le stylo, certaines encres. Cette feuille de papier provient du même bloc ? demande-t-il.

– Ouah ! Tu connais la technique de l'écriture en creux aussi ?

– Tu as utilisé l'analyse électrostatique ?

– La vache ! Tu connais l'ESTAT. Tu es un vrai génie ! Comme si on avait les moyens, soit dit en passant, lâche-t-elle, agacée. Si on avait fait appel à vous, peut-être que vous auriez rappliqué dans dix ans. Bref, je me suis débrouillée avec l'éclairage oblique. Chaque message porte l'empreinte du message précédent.

– Ce type veut qu'on sache que c'est lui, déclare Win.

– « On » ? Il n'y a pas de « on ». Combien de fois vais-je te le répéter ? Tu peux également arrêter d'essayer de t'immiscer dans ma vie, ça ne marchera pas. Je ne t'aiderai pas à faire ton coup de pub.

– Je suis sûr que Janie Brolin n'aimerait pas que tu compares son meurtre à un coup de pub.

Stump a envie qu'il s'en aille. Pour son bien à lui.

Elle demande :

– Pourquoi est-ce que ce braqueur voudrait, je te cite, qu'« on sache que c'est lui » ?

– Peut-être qu'il veut se mettre en valeur. Peut-être qu'il cherche le grand frisson… Tout ça l'excite.

– Ou peut-être qu'il est complètement stupide, voilà tout. Il ne se rend pas compte que chaque fois qu'il rédige un message, il laisse des marques sur la feuille du dessous.

– Et au niveau des empreintes ? Quelque chose sur les trois autres feuilles ?

– Rien. Pas une seule empreinte, même partielle.

– Donc il n'est pas stupide, dit Win. Sinon, il ne réussirait pas son coup à chaque fois. En pleine journée. Sans laisser d'empreintes. Même partielles. As-tu utilisé de la ninhydrine ?

Il s'agit d'un réactif peu coûteux et fiable, qui fait apparaître les empreintes cachées sur les surfaces poreuses comme le papier. Le produit chimique réagit à l'aminoacide et aux autres composants des graisses et de la sueur sécrétées par les pores de la peau. Stump lui explique que ça n'a rien donné, sur aucun des messages, pas plus que les sources de lumière spéciales, quelles que soient leurs bandes passantes et malgré les filtres spéciaux.

– Les guichetiers n'ont pas touché aux messages, dit Win.

– Ils les ont laissés où ils étaient. Conclusion ? On n'a rien du tout. Et à moins que ce type porte des gants invisibles à l'œil nu, il n'y a aucun moyen logique d'expliquer pourquoi n'apparaît pas la moindre trace de son identité sur ces quatre messages ! Même dans les affaires où on n'a pas d'empreintes utilisables, les gens qui ne portent pas de gants laissent toujours un indice. Une marque de doigt. Une tache. Une empreinte partielle du tranchant de la main ou de la paume.

– Et au niveau des vidéos de surveillance ? demande Win.

– Les vêtements sont différents, mais ça m'a l'air d'être le même type.

– Tu permets que je te pose une question ?

– Faut voir.

– Pourquoi tu es devenue prof pour laisser tomber ensuite ?

– Je ne sais pas. Pourquoi tu portes une montre en or ? Tu as fait sauter le PV d'un type plein aux as, tu lui as fait une fleur alors qu'il roulait à trois cents avec sa Ferrari, un truc comme ça ? À moins que tu sois vraiment un braqueur de banques ?

– Cette montre appartenait à mon père. Et avant cela, elle appartenait à son père, et encore avant elle appartenait à Napoléon… Non, je plaisante, même s'il adorait les Breguet, dit Win en tendant son poignet pour lui faire admirer la montre. D'après la légende familiale, elle a été volée. Certains de mes très chers parents, là-bas, au pays, auraient pu auditionner pour jouer dans *Les Soprano*.

– Tu n'as pas une tête d'Italien.

– Ma mère était italienne. Mon père était noir, et prof. C'était un poète, il enseignait à Harvard. Je suis toujours curieux de savoir pourquoi les gens veulent devenir profs, et il est rare de rencontrer quelqu'un qui avait la vocation et qui s'est donné du mal, pour finalement laisser tomber.

– J'étais prof de lycée. Ça a duré deux ans. Vu ce que sont devenus les gamins de nos jours, je me suis dit qu'il valait mieux que je les arrête.

Elle ouvre des placards, range divers flacons de produits

chimiques, des poudres, des lampes, du matériel photographique ; ses mains sont tremblantes et maladroites.

– On ne t'a jamais dit qu'il ne fallait pas dévisager les gens ? C'est malpoli. Tu es pire qu'un bébé, lâche-t-elle en scellant le message du braqueur de banques à l'intérieur d'une enveloppe. En dernier ressort, on pourrait chercher des traces d'ADN. Mais, à mon avis, ça ne servira à rien.

– S'il ne laisse pas de sueur, il ne risque pas de laisser d'ADN, à moins que sa peau se desquame ou qu'il éternue au-dessus de la feuille, dit Win.

– Ouais, c'est ça. Essaye donc de gaspiller le temps du labo de la police d'État pour cette affaire. Ça fait deux ans maintenant que j'attends les résultats au sujet de cette fille qui a été violée dans le cimetière près du lycée de Watertown. Pas une histoire d'os, une histoire de joints. Trois ans que j'attends les résultats pour cet homo qui a été réduit en bouillie dans Cottage Street. Ne parlons même pas des effractions dans les salons de coiffure, de ce qui se passe à Revere, à Chelsea, et ainsi de suite. Personne ne prendra tout ça au sérieux tant que des gens ne se feront pas assassiner dans tous les coins.

Ils sortent sur la plate-forme du camion ; Stump abaisse le hayon arrière, puis le verrouille. Win l'accompagne jusqu'à sa Taurus banalisée : peinture terne, portières cabossées. Elle s'installe au volant en s'attendant à ce qu'il regarde sa jambe, à ce qu'il lui pose une question stupide concernant la façon dont elle conduit avec une prothèse. Mais il semble ailleurs, indifférent ; il contemple le bâtiment d'un étage, tout en briques, qui abrite le poste de police, vieux et fatigué, beaucoup trop petit. Comme dans la plupart des postes de police de la juridiction de Lamont, il n'y a pas de place pour travailler, pas d'argent, il n'y a rien du tout, à part la frustration.

Elle met le contact et dit :
– Je ne m'occuperai pas de l'affaire Janie Brolin.
– Fais ce que tu dois faire.
– C'est le cas, crois-moi.
Win se penche vers la vitre baissée et dit :
– Moi, en tout cas, je vais enquêter.
La main de Stump tremble un peu lorsqu'elle ajuste le ventilateur ; l'air frais souffle sur son visage. Elle dit :
– Lamont ceci, Lamont cela. Tu te mets au garde-à-vous, tu fais tout ce qu'elle demande. Lamont, Lamont, Lamont. Elle obtient toujours ce qu'elle veut et à l'arrivée elle est toujours gagnante.
– Je m'étonne que tu dises ça après ce qu'elle a enduré l'an dernier, dit Win.
– C'est ça le problème, réplique Stump. Elle ne te pardonnera jamais de lui avoir sauvé la vie et elle te le fera payer jusqu'à la fin de tes jours. Parce que tu l'as vue en… Bah, n'en parlons plus.
Elle ne veut pas songer à ce qu'il a vu cette nuit-là.
Elle démarre, elle le regarde dans le rétroviseur et se demande où il a dégoté cette Buick bonne pour la casse. Son portable sonne et son cœur s'emballe car elle songe que ça pourrait être lui.
Non.
– Terminé, déclare l'agent spécial McClure, du FBI.
– Je suis censée me réjouir, je suppose, répond Stump.
– Voilà ce que je craignais. Apparemment, il va falloir qu'on ait un autre petit face à face, vous et moi. Vous commencez à avoir confiance en lui.
– Je ne l'aime pas.

Il est dix heures moins vingt quand il se gare devant le tribunal, le long du trottoir d'en face, surpris de voir la voiture de Lamont à son emplacement réservé, près de la porte de derrière.

C'est bien sa chance qu'elle ait décidé de travailler tard aujourd'hui ! Elle serait du genre à croire que s'il vient pour vider une partie de son bureau, c'est une ruse. Vaniteuse comme elle est, elle sera persuadée qu'il s'est déplacé pour la voir, qu'il a appris, on ne sait comment, qu'elle serait ici à cette heure tardive, qu'il ne supporte plus l'idée de ne plus travailler en face d'elle, de l'autre côté du couloir. Que faire ? Il a besoin de ses dossiers, de ses notes, de ses affaires personnelles. Il songe que ça lui ferait les pieds s'il vidait entièrement son bureau ; elle se demanderait s'il reviendrait un jour. Il abaisse sa vitre au moment où son portable vibre. Nana. C'est la deuxième fois qu'elle l'appelle en une heure. Cette fois, il répond.

– En principe, tu dors à cette heure-ci, dit-il.

Sa grand-mère a d'étranges horaires ; elle prend sa douche superstitieuse dès le soir tombé. Puis elle se couche et se lève vers deux ou trois heures du matin, et elle s'agite dans la maison comme un papillon de nuit.

– La créature non humaine t'a volé ton être, dit-elle. On doit agir vite, mon chéri.

– Ça fait des années qu'elle essaie ; elle n'a jamais touché à mon être. (Alors qu'il observe l'arrière du palais de justice, le dernier étage s'illumine. La prison du comté. Il n'arrête pas de penser à Lamont.) Ne t'inquiète pas, Nana. Mon être est à l'abri.

– Je parle de ton sac de sport.

– Ne t'inquiète pas non plus pour mon linge. (Il ne laisse pas transparaître son impatience. Pour rien au monde il ne voudrait faire de la peine à Nana.) D'ailleurs je n'aurai sans doute pas le temps de passer demain. À moins que tu aies besoin de ta voiture ?

– Alors que j'étais à l'orée du sommeil, la créature est entrée et je lui ai ordonné de ressortir par la porte de derrière. Tu te retrouves mêlé à un tas de choses sans l'avoir voulu. Elle a pris ton sac de sport pour voler ton essence ! Pour te porter sur elle comme sa propre peau !

– Attends un peu. (Il se concentre sur la conversation.) Tu es en train de me dire que quelqu'un s'est introduit chez toi et a volé mon sac de sport ?

– La créature est entrée et l'a pris. Je suis sortie dans le jardin, puis dans la rue, mais elle est repartie en voiture avant que j'aie le temps de l'immobiliser à l'intérieur de mon cercle magique.

– Ça s'est passé quand ?

– Juste après la tombée de la nuit.

– J'arrive.

– Non, mon chéri. Tu ne peux rien faire. J'ai nettoyé la poignée de la porte, j'ai effacé toute l'énergie maléfique dans la cuisine, du sol au plafond…

– Tu n'as pas…

– J'ai éradiqué son énergie impure et maléfique ! Tu dois te protéger.

Elle se lance dans sa litanie des rituels protecteurs. Sel de mer et croix équilatérales. Il doit tracer un pentacle sur une photo de lui. Disposer des bougies blanches dans toute la maison. Des miroirs octogonaux sur toutes ses fenêtres. Tenir le téléphone contre l'oreille droite, jamais la gauche, car l'oreille droite fait sortir la mauvaise énergie, alors que la gauche l'attire. Finalement, elle s'exclame :

– Il va arriver malheur à la personne qui a fait ça !

Le rire de Nana, un gloussement généreux, éclate au moment où il coupe la communication.

Elle a toujours été originale, mais quand elle « enfourche son balai », comme il dit, elle l'exaspère au plus haut point.

Ses accès de prémonitions et de visions, ses torrents de malédictions et de sortilèges font renaître d'anciens sentiments d'appréhension, de méfiance, voire des reproches. Nana la magicienne. À quoi a-t-elle servi quand la pire chose de son existence s'est produite ? Toutes ces promesses concernant l'avenir. Il pourrait aller n'importe où, devenir n'importe quoi, le monde était à sa portée. Ses parents n'avaient pas voulu d'autre enfant ; il était si spécial qu'il leur suffisait. Et puis il y avait eu cette nuit-là ; Nana la magicienne n'avait rien vu venir et, surtout, elle n'avait rien empêché.

Cette nuit glaciale où elle avait entraîné son petit-fils qui l'adorait dans une de ses missions secrètes, sans avoir la moindre idée qu'un drame se préparait. Comment était-ce possible ? Pas le moindre pressentiment, pas même quand, après avoir ouvert la porte de la maison, ils avaient été accueillis par le plus grand silence qu'il avait connu dans sa vie. Au début, il avait cru à un jeu. Ses parents et son chien étaient dans le salon, ils faisaient semblant d'être morts.

Après, il n'avait plus jamais participé aux missions secrètes de Nana, il n'avait jamais éprouvé d'intérêt pour ces conseils spirituels dont tant de gens semblaient avoir besoin. Pendant son adolescence, ce défilé d'inconnus dans la maison. Les exclus, les nécessiteux, les désespérés, ceux qui avaient peur, les malades. Ils la payaient selon leurs moyens, en fonction de ce qu'ils avaient à offrir. Nourriture, quincaillerie, vêtements, œuvres d'art, fleurs, légumes, réparations, coupes de cheveux et même soins médicaux. Peu importe la nature du paiement, et la quantité, mais il fallait qu'il y ait quelque chose. Nana appelle ça un « échange équitable d'énergie » ; elle est convaincue qu'un flux et un reflux inégaux entre donner et recevoir sont à l'origine de tous les problèmes de ce monde.

Assurément, c'est à l'origine des tensions entre Win et

Lamont. La balance penche toujours du même côté. Il regarde fixement la Mercedes noire décapotable, aussi brillante que de l'obsidienne, 120 000 dollars environ, achetée neuve, évidemment. Elle se fiche du prix, elle est trop fière pour réclamer un rabais, ou plutôt elle savoure le plaisir de pouvoir payer le prix affiché, de pouvoir s'offrir tout ce qu'elle veut. Il imagine ce qu'on doit ressentir. Être avocat, gouverneur, sénateur, avoir de l'argent, une épouse extraordinaire et des enfants qui sont fiers de leur père.

Ça n'arrivera jamais.

Il ne pourrait pas entrer dans une fac de droit ou une école de commerce, même s'il se nommait Kennedy ou Clinton. Il n'a même pas pu entrer dans une université correcte, sa demande d'inscription à Harvard avait sans doute fait rire, peu importe que son père y ait enseigné. Heureusement que ses parents n'étaient plus là quand sa conseillère d'orientation au lycée avait fait remarquer que, pour « un garçon aussi brillant », Win avait les plus mauvais résultats aux tests d'aptitude qu'elle ait jamais vus.

Soudain, Lamont sort par la porte de derrière du tribunal, en coup de vent, attaché-case et clés à la main, une lumière bleue clignote sur son oreillette sans fil, elle parle dans son portable. Il n'entend pas ce qu'elle dit, mais il est évident qu'elle se dispute avec quelqu'un. Elle monte dans sa Mercedes, passe à toute allure devant lui sans le voir ; elle n'a aucune raison de reconnaître la voiture de Nana. Win a un étrange sentiment ; il décide de la suivre. Il laisse plusieurs véhicules entre eux dans Broad Street, puis dans Memorial Drive, le long de la Charles River, en direction de Harvard Square. Arrivée dans Brattle Street, la Mercedes s'engage dans l'allée d'une demeure victorienne qui doit valoir dans les sept, huit millions, estime-t-il, compte tenu de l'emplacement et de la taille de la propriété. Il n'y a aucune lumière à l'intérieur, la maison semble inhabitée et mal entretenue, à l'exception de l'herbe tondue.

Win va se garer quelques rues plus loin et prend une petite lampe électrique qu'il laisse toujours dans la boîte à gants de Nana. Il revient sur ses pas en trottinant, constate que la pelouse et certains buissons sont mouillés. Le système d'arrosage a dû se mettre en marche un peu plus tôt. Une fenêtre munie d'un rideau s'éclaire faiblement, une lueur à peine visible, un léger tremblement. Une bougie. Win se déplace sans bruit pour aller se cacher ; il se fige en entendant une porte s'ouvrir, puis se refermer derrière la maison. C'est peut-être elle, c'est peut-être quelqu'un d'autre. Elle n'est pas seule. Silence. Il attend, il envisage de faire irruption dans la maison pour s'assurer que tout va bien ; il a un sentiment de déjà-vu. L'année dernière. La porte de la maison de Lamont entrouverte, le bidon d'essence dans les buissons, et ce qu'il a découvert à l'étage. Elle aurait pu mourir. Certains disent que ce qui lui est arrivé est pire que la mort.

Il attend toujours. La maison est plongée dans l'obscurité, pas un bruit ne s'en échappe. Une heure s'écoule. Juste au moment où il s'apprête à faire quelque chose, il entend la porte de derrière se refermer, puis des pas. Il se jette derrière une haie et voit une forme noire qui prend l'apparence de Lamont et se dirige vers sa voiture, seule, en emportant quelque chose. Elle ouvre la portière côté passager et le plafonnier s'allume. On dirait du linge plié négligemment. Elle le lance sur le siège. Il la regarde partir, aucun signe de la personne avec qui elle était à l'intérieur. Des pensées bizarres traversent l'esprit de Win. Elle est impliquée dans une activité illégale. La drogue. Le crime organisé. Sa récente fièvre acheteuse. Peut-être qu'elle touche des pots-de-vin. La mission qu'elle lui a confiée…

Peut-être ne s'agit-il pas simplement d'une nouvelle mascarade politique. Peut-être a-t-elle une bonne raison de vouloir l'éloigner du bureau, d'elle.

Il s'attarde dans sa cachette, puis entreprend d'explorer les environs de la maison ; le faisceau de sa lampe éclaire les dégâts infligés à la façade, là où on a, semble-t-il, arraché des tuyaux de descente, tout comme sous le toit où il manque des gouttières. Une patine verdâtre permet de penser que les tuyaux et les gouttières manquants étaient peut-être en vieux cuivre. À travers une fenêtre, près de la porte de derrière, il aperçoit le boîtier de commande de l'alarme. Lumière verte : elle n'est pas branchée. Il se sert de sa lampe pour briser un carreau, glisse la main à l'intérieur en prenant soin de ne pas se couper et déverrouille la porte. Il examine le boîtier de l'alarme. Obsolète, inactive, la lumière verte indique uniquement que l'électricité est branchée. La maison sent le moisi, la cuisine est en désordre, des appareils ont été arrachés, des petits bouts de tuyaux en cuivre ternis jonchent le sol.

Il se dirige vers la pièce où il est quasiment certain que Lamont se trouvait un peu plus tôt ; le faisceau de la lampe balaye le plancher poussiéreux. Partout des empreintes de pas, certaines très visibles, peut-être laissées par une personne qui a marché dans l'herbe humide avant d'entrer. Win s'accroupit pour regarder de plus près les empreintes : pas de traces de semelles, mais la forme familière, comme une larme, des talons hauts. Lamont. Et d'autres. Un motif plus large, en chevron, avec un bout arrondi, et une empreinte de stries, reconnaissables, au niveau du talon. Prada ou imitation Prada. Pendant un instant, en proie à la confusion, il se demande si c'est lui qui a laissé ces empreintes. Impossible. D'abord il a gardé ses bottes de moto. Puis il se souvient qu'il a oublié ses chaussures

Prada dans son sac de sport ; ce sac qui, d'après Nana, a été volé.

Il y a d'autres empreintes de chaussures dans la poussière, de la même pointure, mais avec des motifs différents, des chaussures de jogging peut-être, ou de marche, laissées par d'autres personnes peut-être. À moins que les deux mêmes personnes ne soient venues ici à plusieurs reprises avec des chaussures différentes. Win se sert de sa lampe en guise de spot pour prendre des photos avec son iPhone, sous divers angles, en utilisant une balle de 9 mm de son pistolet pour indiquer l'échelle. À son avis, les chaussures Prada, ou imitation, sont du 44, peut-être même du 45, à peu près sa pointure. Il continue à examiner les lieux en promenant sa lampe sur les appliques tarabiscotées, les moulures, les corniches, sans doute d'époque. Enfin, il trouve la pièce qu'il cherche : celle qui semble avoir été un salon dans un lointain passé.

Il y a des empreintes de pas partout, certaines semblables à celles visibles dans d'autres parties de la maison, et au centre du plancher un matelas nu. À côté, une grosse bougie, dont la cire fondue autour de la mèche est encore chaude, et une bouteille de vin rouge bouchée : un pinot noir Wolf Hill de 2002, même cépage, même millésime que la bouteille que lui a offerte Stump un peu plus tôt dans la journée, quand il est allé la voir chez Pittinelli. Le même cépage et le même millésime que la bouteille qu'il a laissée dans son sac de sport, avec ses chaussures Prada.

Il prend d'autres photos, puis retourne dans la cuisine, où il remarque, sur un des plans de travail, une chose insolite : le carton déchiré et l'emballage en plastique d'un appareil photo jetable : un Solo H_2O avec flash incorporé. Peut-être que l'inspecteur d'une compagnie d'assurances est venu prendre des photos des dégâts subis par la maison. Ce n'est pas très professionnel d'utiliser un appareil jetable. Win ouvre les placards, fouille, découvre une vieille marmite, deux poêles en aluminium. En les manipulant avec soin, il dépose la bouteille de vin dans la marmite, la bougie dans une des poêles et l'emballage de l'appareil photo jetable dans l'autre. Un dernier balayage avec la lampe et il remarque une fenêtre mal fermée, la poussière a été effacée des deux côtés de la vitre. Il prend d'autres photos en s'éclairant avec sa lampe, mais il ne voit aucune empreinte nette. Une grande quantité de peinture s'est écaillée sur le rebord et à l'extérieur du châssis. Cela a pu être provoqué par une personne qui a ouvert la fenêtre de l'extérieur avant de l'enjamber.

Stump semble avoir la tête ailleurs quand elle répond au téléphone. Quand elle s'aperçoit que c'est Win, elle paraît déconcertée.

– Je croyais t'avoir bien fait comprendre que tu devais te débrouiller seul, dit-elle d'un ton autoritaire, comme si elle allait l'arrêter.

– Le pinot Wolf Hill 2002.

– Tu m'appelles à cette heure-ci pour me dire ce que tu penses du vin ?

– Tu m'as dit que tu venais de le recevoir. Est-ce que quelqu'un t'en a acheté ? Est-ce qu'on en trouve dans d'autres boutiques par ici ?

– Pourquoi ?

Elle a changé de ton, comme si elle n'était pas seule. Une alarme se déclenche en lui. Fais attention à ce que tu dis.

– C'est une affaire. (Il réfléchit à toute vitesse.) Je l'ai débouché en arrivant. Extraordinaire. Je pensais en acheter une caisse.

– Tu es vraiment culotté, tu sais.

– J'ai réfléchi. Peut-être que tu devrais le goûter avec moi. Chez moi. Je fais des côtelettes de veau d'enfer.

– Je n'aime pas l'idée de manger des bébés vaches, répond-elle. Et je n'ai aucune envie de dîner avec toi.

CHAPITRE 4

La Buick de Nana tressaute et tousse lorsque le moteur s'arrête ; la portière du conducteur s'ouvre avec un grincement qui ressemble au cri d'un oiseau préhistorique.

Win glisse les clés dans sa poche et se demande pourquoi Farouk, son propriétaire, est assis sur l'escalier de derrière, en train d'allumer une cigarette. Depuis quand fume-t-il ? En outre, il viole son propre règlement. Interdiction de fumer, d'utiliser des allumettes ou des grills ; aucune étincelle n'est autorisée dans cet immeuble en briques du dix-neuvième siècle, une ancienne école, impeccablement entretenu et loué à des privilégiés. Ou, dans le cas de Win, à quelqu'un qui rend de menus services pour payer son loyer. Il est minuit passé.

– Soit vous venez de contracter une sale habitude, soit il se passe quelque chose, dit Win.

– Une meuf vous cherchait, moche, dit Farouk, une serviette sous ses fesses, sans doute pour ne pas salir son costume blanc mal taillé.

– C'est elle qui a employé le mot « meuf » ? demande Win. Ou c'est vous qui l'appelez comme ça ?

– C'est elle qui l'a dit, pas moi. Je sais pas ce que ça veut dire.

– C'est de l'argot de gang pour dire « petite amie ».

– Ah ! Je savais qu'elle faisait partie d'un gang. Je le savais ! C'est pour ça que je suis dans cet état. Je veux pas des gens comme ça ici, je fais des gros efforts pour que tout aille bien. (Avec son fort accent.) Si les gens que vous rencontrez dans votre travail, ils viennent ici, je dois vous demander de déménager ! Mes locataires se plaindront et ils s'en iront !

– Du calme, Farouk…

– Non ! Je vous laisse habiter ici pour une bouchée de pain, pour que vous me protégiez des crapules, et ils viennent ici, ceux-là mêmes que vous devez chasser ! (Il pointe un doigt accusateur sur Win.) Heureusement que personne l'a vue à part moi ! Je suis très en colère. Si des gens comme ça débarquent ici, si vous me laissez tomber, vous devez partir.

– Dites-moi à quoi elle ressemblait et ce qui s'est passé exactement.

Win s'assoit à côté de Farouk.

– Je rentre après dîner et je vois cette fille qui sort de nulle part comme un fantôme…

– Où ? Ici, derrière la maison ? Vous étiez assis là en train de fumer quand elle est apparue ?

– J'étais tout chamboulé, alors je suis allé voir José, en face, pour boire une bière et lui demander s'il connaît la meuf, s'il l'a déjà vue. Il me dit que non. Et il me donne une cigarette ou deux. Je fume seulement quand je suis très stressé. Je veux pas que vous soyez obligé de déménager.

Win fait une nouvelle tentative :

– Quelle heure était-il quand vous l'avez vue et où étiez-vous ? Chez vous ?

– Je venais de rentrer de dîner, il devait être neuf heures, et vous savez que je rentre toujours par-derrière. Au moment où je monte cet escalier, je la vois qui apparaît, comme un fantôme dans un film. On aurait dit qu'elle m'attendait. Je l'avais jamais vue, moi, je savais pas ce qu'elle voulait. Elle me demande : « Où est le policier ? – Quel policier ? » je lui réponds. Et elle me dit : « Geronimo. »

– Elle a dit ça ?

Peu de gens connaissent son surnom. Des flics, principalement.

– Ma parole, dit Farouk.

– Décrivez-la-moi.

– On voit pas très bien ici. Je devrais installer des lumières. Elle avait une casquette, un pantalon large. Petite. Maigre.

– Qu'est-ce qui vous pousse à croire qu'elle appartient à un gang ? À part le fait que je vous ai expliqué le sens du mot « meuf » ?

– Sa façon de parler. Comme une personne de couleur, alors qu'elle est blanche. Un langage très grossier, un langage de la rue, avec un tas de gros mots. (Il en répète quelques-uns.) Et quand je lui dis que je connais pas de policier nommé Geronimo, parce que je vous protège, toujours, elle m'insulte encore, elle me dit qu'elle sait bien que vous vivez ici, et elle me tend ça.

Il sort une enveloppe de sa poche de veste.

– Combien de fois je devrai vous répéter de ne pas

toucher à tout ce qui paraît louche ? lance Win. C'est à cause de ça que j'ai été obligé de relever vos empreintes il y a deux ou trois ans. Vous vous souvenez ? Parce que vous aviez touché à quelque chose que m'avait laissé un cinglé.

– Je suis pas comme ces experts qu'on voit à la télé.

– On peut relever des empreintes et d'autres indices sur du papier, lui rappelle Win, tout en sachant que c'est inutile.

Farouk ne s'en souvient jamais, il s'en fiche.

Ce n'est pas la première fois, évidemment, que quelqu'un dépose un document spontanément ou vient sans y être convié. L'inconvénient qu'il y a à vivre ici depuis longtemps, c'est que Win ne peut plus garder son adresse secrète. Mais habituellement ses visiteurs inattendus ne représentent aucune menace. Une femme qu'il a rencontrée quelque part. Ou bien, de temps à autre, une personne qui a entendu parler d'une affaire, qui a vu ou qui sait quelque chose, et qui interroge les gens autour d'elle jusqu'à ce qu'elle obtienne l'adresse de Win. Plus fréquemment, un individu paranoïaque qui réclame la protection de la police. Alors oui, les gens lui laissent des messages, et même des preuves supposées, mais Win n'a jamais vu Farouk dans un tel état.

Il prend l'enveloppe en la tenant par deux coins, du bout des doigts, regagne la voiture de Nana, parvient à récupérer ses indices et à tout transporter sans rien faire tomber. Pendant ce temps, Farouk fume et regarde.

– Si vous la revoyez, prévenez-moi immédiatement, lui dit Win. Si une cinglée me cherche, ne restez pas assis là dans le noir pendant des heures, à fumer les cigarettes d'un autre.

– Je veux pas voir ces voyous. J'ai pas envie qu'il y ait de la drogue et des fusillades dans le coin ! s'exclame Farouk.

C'est un immeuble sans ascenseur. Ça n'existait pas à l'époque victorienne, du temps de la lecture, de l'écriture et de l'arithmétique. Win monte les trois étages à pied avec la casserole et les poêles, jusqu'à son appartement : deux anciennes salles de classe rassemblées lors de la rénovation. On y a ajouté une cuisine, une salle de bains et un climatiseur sur la fenêtre. Étant donné qu'il vivait là durant les travaux, pour tout superviser et surveiller les lieux, il a pu imposer certains choix, comme conserver le parquet en sapin, les lambris, les plafonds voûtés d'origine et même les tableaux noirs, qui lui servent à noter ses listes de courses, diverses tâches à effectuer, les numéros de téléphone et ses rendez-vous. Il dépose les indices sur une table, referme l'épaisse porte en chêne, tourne la clé dans la serrure, tire le verrou, regarde autour de lui comme il le fait toujours pour s'assurer que rien n'a été déplacé, et son moral en prend un coup.

Après une journée de Lamont et Stump, il se sent encore plus mal dans sa peau que d'habitude ; le tapis d'Orient, la table signée Thomas Moser, le canapé en cuir et les chaises dépareillées, les étagères où s'alignent les livres soldés qu'il a achetés pour presque rien et qu'il a tellement de mal à lire, tout cela le déprime. Tout est détestable ou d'occasion ; ça vient des brocantes, des vide-greniers, d'eBay. Des petites annonces. Défectueux, endommagé, indésirable. Il ôte son pistolet, le pose sur la table, enlève sa veste, puis sa cravate, déboutonne sa chemise et s'assoit devant son ordinateur. Il se connecte à une base de données et tape l'adresse de la maison victorienne de Cambridge. Il imprime la liste des propriétaires au cours des trente-cinq dernières années, et de leurs parents possibles. D'autres recherches font apparaître que la transaction immobilière la plus récente a eu lieu en mars dernier, lorsque la propriété laissée à l'abandon a été achetée, pour la somme de 6,9 millions de dollars, par une SARL baptisée FOIL. En majuscules. Sans doute un acronyme. Il interroge Google.

Pas grand-chose. Diverses entrées : un groupe de rock de San Diego, un site éducatif, une association d'Indiens de gauche…

Win ne voit pas le rapport avec une demeure victorienne de Brattle Street, et il songe un instant à appeler Lamont pour exiger une explication, pour lui dire qu'il sait où elle est allée dans la soirée, qu'il l'a vue. Peut-être qu'il pourrait lui faire peur et la pousser à avouer ce qu'elle faisait là-bas. Il revoit la pièce avec le matelas, la bougie, la preuve que des photos ont été prises. Il pense aux traces de vandalisme qui indiquent un vol de cuivre. La bouteille de vin et les empreintes de chaussures Prada l'obsèdent. Si quelqu'un cherche à le piéger, qui et pourquoi ? Comment se peut-il que Lamont ne soit pas impliquée ?

Il recouvre la table de papier de boucherie, puis il enfile des gants en latex. Il verse une ampoule de cristaux d'iode dans un sac transparent hermétique, dépose l'enveloppe à l'intérieur, scelle le sac et le secoue délicatement. Au bout de deux minutes environ, il ressort l'enveloppe et souffle dessus, sans se préoccuper de l'ADN, le dessous du rabat collé fournira la meilleure source. Son souffle tiède et humide provoque une réaction chimique avec l'iode. Plusieurs empreintes apparaissent sur le papier ; elles noircissent lorsqu'il continue à souffler dessus. Il ouvre l'enveloppe et en sort une feuille de papier blanc toute simple, pliée. Dessus, écrit lisiblement au feutre rose : « Demain matin. Dix heures. Terrain de jeux de Filippello. Respectueuses salutations, Raggedy Ann. »

Le lendemain, quinze heures, heure de Londres.

Au siège de New Scotland Yard, le superintendant Jeremy Killien contemple par la fenêtre la sculpture métallique qui tourne sur elle-même devant l'entrée du légendaire immeuble d'acier. Habituellement, la lente rotation de l'enseigne l'aide à se concentrer. Mais il est irrité par le manque de nicotine. Il ne sait déjà plus où donner de la tête, et voilà que le commissaire lui balance cette foutue bombe dans les pattes !

Le bureau de Killien au quatrième étage, au cœur du Specialist Crime Directorate, est envahi par l'iconographie de sa vie : livres, classeurs, civilisations entières de paperasses superposées qu'il excavera un jour, et sur les murs une foule de photos, polies et prestigieuses : Margaret Thatcher, Tony Blair, la princesse Diana, Helen Mirren... toutes et tous posent avec lui. Bien entendu, on trouve également l'inévitable vitrine remplie de casquettes et d'écussons de la police, et dans un coin un mannequin vêtu d'un uniforme de *bobby* de l'époque victorienne, dont le matricule, brodé sur le col, 452H, indique que ce policier travaillait dans le secteur de Whitechapel à l'époque de Sherlock Holmes et de Jack l'Éventreur.

Bon sang, une putain de cigarette, juste une seule. Est-ce trop demander ? Cela fait une heure que Killien s'efforce d'ignorer cette envie irrésistible, et il est outré, une fois de plus, de songer qu'après avoir consacré des dizaines d'années de sa vie au Metropolitan Police Service il ne puisse plus fumer dans son bureau ni à l'intérieur du bâtiment ! Il est obligé de sortir en douce en prenant l'ascenseur de service et d'aller dans la cour intérieure qui empeste les ordures pour s'envoyer sa dose comme un sans-abri. Il ouvre un tiroir, prend un autre chewing-gum contre le manque, parfumé à la menthe, et se calme un peu, alors que sa langue se met à picoter.

Consciencieusement, il replonge dans l'examen de cet homicide commis en 1962 dans le Massachusetts et jamais résolu. Bizarre. Le commissaire doit débloquer pour s'attaquer à un dossier pareil. Un meurtre vieux de quarante-cinq ans qui n'a même pas eu lieu en Grande-Bretagne ? Winston « Win » Garano, également surnommé « Geronimo ». Sans doute à cause de ses origines métisses. Un beau gars, Killien doit le reconnaître. Peau couleur moka, des cheveux noirs ondulés, le nez droit et puissant d'un empereur romain. Trente-quatre ans, jamais marié, ses parents sont morts quand il avait sept ans. Un chauffage défectueux, intoxication au monoxyde de carbone. Même le chien est mort. Crayon. Drôle de nom pour un chien.

Voyons, voyons. Élevé par sa grand-mère, Nana... Oh, excellent, ça. Elle se considère comme une « femme de l'art ». Une sorcière, autrement dit. Déplorables antécédents en matière de conduite automobile. Stationnements interdits, non-respect des feux de signalisation, demi-tours illicites, excès de vitesse, permis de conduire confisqué puis restitué après paiement des amendes. Bon sang... Oh, ça continue. Arrêtée il y a trois ans, charges finalement abandonnées. Apparemment, elle aurait lancé 999 pennies dans le jardin de Mitt Romney, le gouverneur du Massachusetts. Encore mieux : elle a écrit le nom du vice-président Dick Cheney sur un parchemin, qu'elle a ensuite placé dans un sac rempli de « caca de chien », pour l'enterrer dans un cimetière. Prise en flagrant délit les deux fois. Elle voulait leur lancer un sort, a-t-elle expliqué. Ce n'est pas un crime. On aurait dû lui donner une récompense.

Il semblerait que Win Garano ait été relevé de ses fonctions habituelles pour se voir confier l'affaire de Watertown. C'est louche. Ça ressemble à une punition. À croire qu'il a fait quelque chose pour se mettre à dos sa patronne.

Monique Lamont, procureur du comté de Middlesex. En dépit d'un fort soutien de l'opinion publique, elle s'est retirée de l'élection au poste de gouverneur en 2006, elle est passée chez les républicains et a décidé de se représenter au poste qu'elle occupait. Elle a gagné haut la main. Jamais mariée, aucune relation connue actuellement. Killien observe longuement une photo de Lamont. Cheveux bruns, yeux foncés, renversante.

Son téléphone sonne.

– Alors, vous avez pu jeter un coup d'œil sur le problème du Massachusetts ? lui demande d'emblée le commissaire.

Le problème ? Voilà une façon inhabituelle de présenter la chose. Killien ouvre une enveloppe à bulles, en sort d'autres photos, des rapports de police et d'autopsie. Il lui faut une seconde pour s'apercevoir, à sa grande surprise, que la victime n'est autre que Lamont. Violée et presque assassinée l'année dernière.

– Allô ? Vous êtes là ?

– J'ai le dossier sous les yeux, répond Killien en se raclant la gorge.

L'agression a eu lieu dans la chambre à coucher de sa maison de Cambridge, Massachusetts. Son agresseur a été abattu par ce même inspecteur, Win Garano. Que faisait-il dans la chambre de Lamont ? Ah, voilà. Inquiet du comportement de celle-ci au téléphone, il s'est rendu chez elle, a trouvé la porte de derrière entrouverte, a surpris l'agresseur et l'a tué. Il y a des photos du meurtrier potentiel, couché sur le sol de la chambre, du sang partout. Des photos de Lamont également, de ses blessures. Des marques de liens aux poignets et aux chevilles. Des suçons sur son…

Voix autoritaire du commissaire :

– Vous m'écoutez ?

– Évidemment, monsieur.

Killien regarde tourner la sculpture dehors.

– La victime, comme vous avez pu vous en apercevoir, était britannique. Elle venait de Londres, dit le commissaire.

Killien n'est pas allé jusque-là, mais s'il l'avoue, son supérieur va lui passer un savon. Alors il évite de répondre en posant une question :

– La Metropolitan n'a pas mené une enquête approfondie à l'époque ? (Il déplace des documents sur son bureau.) Je ne vois rien qui...

– Nous n'avons pas été contactés, apparemment. Les Britanniques ne semblaient pas s'intéresser à cette histoire. Le petit ami de la victime, le suspect numéro 1, était américain. Et même si un indice permettait de supposer qu'elle ait été victime de l'Étrangleur de Boston, ce n'était pas une raison pour faire appel à nos services.

– L'Étrangleur de Boston ?

– C'est la théorie du procureur Lamont.

Killien étale les photos prises à l'hôpital où Lamont a été examinée après son agression. Il imagine la réaction des flics en la voyant dans cet état. Comment peuvent-ils encore regarder leur puissante patronne sans penser à ce qu'il y a sur ces photos ? Comment parvient-elle à gérer ça ?

– Évidemment, je ferai ce que vous me demandez. Mais pourquoi cette précipitation soudaine ?

– On en parlera autour d'un verre, dit le commissaire. Je dois assister à une réception au Dorchester, retrouvez-moi là-bas à dix-sept heures précises.

Pendant ce temps, à Watertown, Filippello Park est désert.

Il n'y a que des tables de pique-nique vides à l'ombre des arbres, des pelouses désertes et des barbecues froids. Win suppose que le « terrain de jeux » mentionné par Raggedy

Ann dans le message qu'elle a remis à Farouk est le jardin d'enfants, alors il attend sur un banc à côté des balançoires. Pas âme qui vive jusqu'à dix heures huit, lorsqu'il entend une voiture sur la piste cyclable. Il n'y a que deux catégories d'individus qui osent rouler en voiture sur les pistes cyclables : les flics et les imbéciles, qu'il faudrait arrêter. Win se lève au moment où une Taurus bleu foncé se gare. Stump baisse sa vitre.

– J'imagine que tu as rendez-vous avec quelqu'un.

Elle a l'air furieuse, comme si elle le haïssait.

– Tu l'as fait fuir ? répond-il, pas très aimable lui non plus.

– Tu ne devrais pas être ici.

– C'est un lieu public, il me semble. Et toi, qu'est-ce que tu fous ici ?

– Ton rendez-vous a été annulé. J'ai pensé que je devais t'en informer personnellement. Je voulais me montrer prévenante, même après ce que tu as fait.

– Ce que j'ai fait ? Et qui t'a dit que…

– Tu débarques à l'improviste dans le labo mobile. Tu passes une heure avec moi en jouant le gars sympa, et même serviable. Tu m'appelles ensuite pour m'inviter, et pendant tout ce temps-là tu me flingues dans le dos !

– Je te flingue dans le dos ?

– Ferme-la et monte. J'ai reconnu ton épave, là-bas. Tu la récupéreras plus tard.

Ils roulent au ralenti sur la piste cyclable ; les lunettes noires de Stump restent fixées droit devant elle ; sa tenue décontractée frôle le négligé. Sa chemise kaki est sortie du pantalon pour cacher le pistolet sur sa hanche ou dans le creux des reins. Son jean large est en toile souple, délavé, élimé par endroits, et long, sans doute pour cacher un étui de cheville. À la cheville gauche, certainement. Ou à la cheville droite. Il ne connaît rien aux prothèses et il suit du regard les contours de ses cuisses, en se demandant comment elle fait pour que la droite reste aussi musclée que la gauche ; il imagine qu'elle doit pratiquer la musculation, peut-être avec une machine spéciale, à moins qu'elle n'attache des poids sous le genou pour faire des extensions. S'il était à sa place, jamais il ne laisserait sa cuisse s'atrophier uniquement parce qu'une autre partie de son corps aurait disparu.

Soudain Stump arrête la voiture et tire sur une manette fixée sous son siège pour le faire reculer au maximum, puis elle pose son pied droit sur le tableau de bord.

– Vas-y ! aboie-t-elle. Rince-toi l'œil. J'en ai marre de ton voyeurisme pas très discret !

– Super-chaussures de randonnée, dit-il. Des LOWA avec semelles extérieures Vibram pour absorber les chocs. S'il n'y avait pas le joint de la prothèse juste au-dessus de la rotule – que l'on voit à travers ton jean, soit dit en passant, uniquement parce que tu as la jambe pliée et à moitié levée –, je n'aurais pas deviné. Ce n'est pas moi qui ai un problème. Curieux, oui. Voyeur, non.

– Tu oublies « manipulateur », car c'est ce que tu es ; un foutu manipulateur qui doit passer son temps à parcourir les boutiques de fringues griffées et les catalogues pour hommes. Car la seule chose qui t'intéresse, c'est ton *look*. Et ce n'est pas étonnant, vu que tu n'as rien d'autre. Je ne sais pas ce que tu manigances, mais tu t'y prends mal. Premièrement, tu avais rendez-vous avec le chef à dix heures. Donc, déjà, tu fais preuve d'un manque de respect.

– J'ai laissé un message.

– Deuxièmement, ça ne me plaît pas de te voir fréquenter des gens avec qui tu n'as rien à faire.

– Qui donc ?

– La femme que tu as forcée à te retrouver dans le parc.

– Je n'ai forcé personne ! Elle a laissé un message chez moi hier soir tard, signé « Raggedy Ann », pour me donner rendez-vous sur le terrain de jeux ce matin.

C'est seulement en prononçant ces paroles qu'il s'aperçoit à quel point c'est ridicule.

– Garde tes distances, dit Stump.

– Je croyais que c'était juste une cinglée venant d'un centre d'accueil des environs. Et soudain voilà que tu la connais personnellement.

– Je me fous de ce que tu croyais.

– Comment as-tu su que j'avais rendez-vous avec elle ?

Stump avance son siège et redémarre.

– Tu sais quoi ? dit Win. Je ne suis pas obligé de supporter ça. Fais demi-tour et dépose-moi à ma voiture.

– Trop tard. Tu vas avoir ce que tu voulais : tu vas passer un peu de temps avec moi aujourd'hui. Peut-être qu'à la fin de la journée tu suivras mon conseil : tu reprendras ton travail de jour et tu laisseras tomber Watertown.

– Oh, avant que j'oublie ! J'ai été cambriolé hier soir. (Il ne veut pas mentionner Nana, dire que c'est elle, et non lui, qui a été cambriolée.) Et maintenant je découvre qu'une maboule qui se déguise en poupée de chiffon ment à mon sujet. Et soudain, comme par magie, tu surgis à sa place.

– Quel cambriolage ? (Stump met de côté pour le moment son numéro de dure à cuire.) Dans ton appartement, tu veux dire ?

– Non. Dans l'immeuble Watergate !

– Qu'est-ce qu'on t'a volé ?

– Des objets personnels.

– Genre ?

– Genre je ne veux pas te le dire car je me méfie de tout le monde pour l'instant. Y compris de toi.

Silence. Ils s'engagent dans Arlington, puis ils tournent dans Elm Street et pénètrent sur un parking isolé du centre commercial, où Stump se gare en marche arrière entre deux SUV.

– Vols de voitures, dit-elle comme si la conversation précédente n'avait pas eu lieu. Ces salopards accrochent des aimants à une ficelle et ils les font glisser le long de la portière pour la déverrouiller. Ou bien ils font un trou dans une balle de tennis et ils s'en servent pour donner un grand coup dans la serrure, qui s'ouvre sous la pression de l'air. Mais, évidemment, le grand truc maintenant, c'est ces systèmes de navigation portables.

Elle ouvre la boîte à gants et sort un Magellan Maestro 4040 muni d'un disque adhésif cassé. Elle introduit le chargeur dans l'allume-cigare et enroule le fil autour du rétroviseur intérieur. Le GPS mutilé se balance comme une paire de dés en peluche.

– Les gens sont assez stupides pour les laisser dans leur véhicule, bien en évidence. Moi, j'ai été assez stupide pour laisser celui-ci dans ma voiture, celle qu'utilisent d'autres flics quand je suis de repos. C'est un peu différent de ce à quoi tu es habitué, je suppose ? Les Ford Crown Vic avec système GPS intégré, les téléphones portables avec forfaits illimités. Tu sais ce qui arrive quand je dépasse mon compte de minutes ? C'est moi qui dois payer la note ! Alors, pas la peine d'espérer qu'on te donne une voiture de fonction.

– Si j'avais une voiture à ma disposition, tu crois que je roulerais avec cette épave, comme tu l'as décrite de manière si délicate ?

– Elle est à qui, d'ailleurs ? Elle fait tache avec tes costards griffés et ta montre en or.

Il ne répond pas.

– Tu vois cette vieille dame qui ouvre son mini-van ?

reprend Stump. Je pourrais l'assommer et foutre le camp avec son sac à main avant que tu aies le temps de dire ouf. Ce serait sûrement la pire chose qui lui soit arrivée dans la vie. Mais pour des caïds de la police comme vous autres, ça ne mérite même pas d'être signalé.

– De toute évidence, tu ne me connais pas.

– Oh, je te connais très bien. Car je sais ce que tu viens de faire. (Ses lunettes noires le regardent.) Tu es pire que je croyais. Comment tu t'y es pris ? Tu as fait le tour de tous les refuges jusqu'à ce que tu la trouves pour lui flanquer une peur bleue ?

– Je t'ai expliqué. C'est elle qui…

– Oui, peut-être. Parce que tu l'as traquée pour la terroriser et profiter de sa confusion mentale.

L'hostilité de Stump devient moins convaincante.

Win ne saurait dire pourquoi, mais il sent qu'elle joue un rôle, et elle n'est pas très bonne comédienne.

– Qui est-ce ? demande-t-il. C'est quoi, ce numéro de Raggedy Ann ?

– C'est le personnage qu'elle a besoin d'être. Peut-être qu'elle y croit, peut-être que non. Qui sait ? Ça n'a pas d'importance.

– Si. Il y a une différence entre psychotique et excentrique.

Il observe les gens regagner leurs voitures après avoir fait leurs courses : pas un voleur de GPS en vue.

Stump dit :

– Elle affirme que tu l'as menacée. Tu lui as dit que si elle ne venait pas au parc ce matin, tu veillerais à ce qu'elle soit enfermée chaque fois qu'elle franchirait sa porte.

– Elle t'a expliqué de manière plausible pourquoi je l'aurais menacée ?

– Elle a dit que tu voulais coucher avec elle.

– Si tu y crois, c'est peut-être toi la psychotique.

– Pourquoi ? Parce qu'un type comme toi, qui peut avoir n'importe qui, ne peut pas désirer une personne non désirable comme elle ?

– Allons, Stump. Si tu as enquêté sur moi aussi sérieusement que tu le dis, tu sais foutre bien que je n'ai pas cette réputation.

– Apparemment, tu ne sais pas ce que les gens racontent sur toi, tu ignores les spéculations.

– Les gens disent toutes sortes de choses sur moi. Mais à quoi fais-tu allusion, au juste ?

– Que s'est-il réellement passé dans la chambre de Lamont, cette nuit-là ?

Win demeure bouche bée ; il se dit qu'il a mal entendu.

– Comment est-ce que je peux connaître la vérité ? demande Stump.

– Ne me pousse pas à bout.

Il a prononcé ces mots calmement.

– Je te dis juste que les spéculations vont bon train. Ça n'arrête pas. Il y a des gens, surtout des flics, qui pensent que tu étais déjà chez Lamont quand ce type s'est introduit dans la maison. Que tu étais déjà dans sa chambre, plus précisément. Et que tu aurais pu la protéger sans tuer l'intrus, mais cela aurait eu pour conséquence d'éventer ton sale petit secret.

– Ramène-moi à ma voiture.

– J'ai le droit de savoir si vous avez déjà eu…

– Tu n'as aucun droit.

– Si tu veux que j'aie du respect pour toi…

– Tu devrais peut-être commencer par faire en sorte que j'en aie pour toi.

– J'ai besoin de connaître la vérité.

– Et même si c'était le cas ? Où est le problème ? Elle est

célibataire. Moi aussi. Nous sommes deux adultes consentants.

D'un ton glacial :

– Ah, des aveux. Merci.

– Pourquoi est-ce si important pour toi ? demande Win.

– Ça veut dire que tu vis dans le mensonge, que tu n'es qu'un escroc, un truqueur. Ça veut dire que tu couches avec ta patronne, et ça explique pourquoi elle t'a envoyé à Watertown. Il doit y avoir un intérêt quelconque pour toi. Surtout si tu continues à coucher avec elle. Comme c'est sûrement le cas. Je n'ai que faire des individus dans ton genre.

– Non, la vérité, c'est que tu fais de gros efforts pour ne pas avoir besoin de moi, réplique Win. Et alors ? Le fait que je sois une ordure conforte ta vision du monde ?

– Narcissique comme tu l'es, c'est forcément ce que tu penses.

– On ne l'a pas fait, dit-il. Voilà. Tu es satisfaite ?

Silence. Elle redémarre en refusant de le regarder.

– Mais j'aurais pu, si tu tiens vraiment à le savoir, ajoute-t-il. Je ne dis pas ça pour me vanter. Après ce qui est arrivé, elle était… comment dire ? Très vulnérable.

– Et maintenant ?

Stump entre une adresse dans son GPS rafistolé.

– Après ce qui lui est arrivé ? Elle sera toujours vulnérable, dit-il. Le problème, c'est qu'elle ne le saura jamais ; elle enchaîne les lourdes erreurs. Malgré son exubérance, Lamont cherche désespérément à se fuir. Malgré son intelligence, elle n'a aucune clairvoyance.

– Ce n'est pas ce que je voulais savoir. Et maintenant ?

– Jamais de la vie. Où on va, au fait ?

– Il faut que je te montre un truc, dit Stump.

CHAPITRE 5

L'hôtel Dorchester est réservé aux chefs d'État et aux célébrités ; il n'est pas fait pour les gens comme Killien, qui a tout juste les moyens de s'y payer un thé.

Des voituriers sont en train de garer une Ferrari et une Aston Martin lorsqu'un taxi le dépose sans cérémonie au milieu d'un groupe d'Arabes coiffés de keffiehs, qui ne font pas le moindre geste pour le laisser passer. Sans doute des parents du sultan de Brunei qui possède ce putain d'établissement, pense Killien en pénétrant dans un hall orné de colonnes en marbre et de corniches dorées, avec suffisamment de fleurs coupées pour plusieurs enterrements. C'est un des avantages du métier d'inspecteur : il sait pénétrer dans n'importe quel endroit ou n'importe quelle situation délicate comme s'il était chez lui.

Il boutonne sa veste de costume froissée, tourne à gauche,

entre dans le bar et prend bien soin de paraître indifférent aux objets d'art en verre rouge, à l'acajou, aux soieries pourpre et or, aux Asiatiques, aux Arabes encore, à quelques Italiens et à deux Américains. Il semble ne pas y avoir un seul Britannique, à l'exception du commissaire, assis seul à une petite table ronde dans un coin, le dos au mur, face à la porte. En vérité le commissaire demeure un flic au fond de lui-même, mais un flic cossu car il a su faire les bons choix dans la vie, dont celui de la baronne qu'il a épousée.

Il boit un whisky sans glace, sans doute du Macallan, qui a un arrière-goût de sherry. Les coupelles en argent contenant des chips et des cacahuètes semblent intactes. Il est impeccable avec son costume gris à fines rayures, sa chemise blanche, sa cravate en soie rouge et sa moustache soignée ; ses yeux bleus paraissent regarder dans le vide, évidemment, comme s'il était préoccupé, alors qu'en réalité rien ne lui échappe. À peine Killien s'est-il assis qu'un serveur apparaît. Une pinte de bière brune fera l'affaire. Il a besoin de garder les idées claires.

– Il faut que je vous touche un mot de cette affaire américaine, déclare d'emblée le commissaire, qui n'est pas du genre à parler pour ne rien dire. Je sais que vous vous demandez pourquoi j'en fais une priorité.

– En effet, avoue Killien. Je ne sais absolument pas de quoi il s'agit, mais ce que j'ai pu voir jusqu'à présent me paraît étrange. Par exemple, cette Monique Lamont…

– Puissante et controversée. Et tout à fait saisissante, devrais-je ajouter.

Killien revoit les photos. Le commissaire a dû les regarder lui aussi, et le superintendant se demande si son supérieur partage la même impression dérangeante. Examiner des photos liées à un crime violent et laisser son attention vagabonder au-delà des blessures de la victime, vers des zones qui n'ont rien à voir avec la digne fonction de maintien de l'ordre, ce n'est pas correct. Mais Killien ne peut s'empêcher de repenser à ces photos, il revoit la souplesse de…

– Vous êtes toujours là, Jeremy ? demande le commissaire.

– Oui, oui.

– Vous paraissez un peu absent.

– Absolument pas.

Le commissaire enchaîne :

– Bref. Il y a quelques semaines de cela, cette Lamont m'a téléphoné pour me demander si je savais qu'une des victimes probables de l'Étrangleur de Boston était une citoyenne britannique. Elle m'a expliqué que l'enquête venait d'être rouverte et elle a suggéré que le Yard y participe.

– Franchement, je pense qu'on devrait se contenter d'enquêter rapidement et discrètement. Cette histoire m'a l'air politique.

– Bien entendu. Lamont a déjà prévu une couverture médiatique extravagante, dont une émission spéciale de la BBC, diffusée à coup sûr, dit-elle, si nous coopérons. Je trouve cela plutôt présomptueux et vexant, comme si nous avions besoin de son aide pour obtenir l'attention de la BBC. Elle ne manque pas d'air.

– Je ne vois pas comment nous pouvons l'aider à prouver cette théorie, étant donné que l'identité de l'Étrangleur de Boston n'a jamais été déterminée avec certitude. Et qu'elle ne le sera sans doute jamais, dit Killien.

Le commissaire boit une gorgée de whisky.

– Ses objectifs politiques importent peu. Je connais très bien, hélas, ce genre de personnes. En temps ordinaire, sa tentative pour nous entraîner dans une telle affaire demeurerait lettre morte. Mais il semble y avoir dans tout cela un aspect qu'elle ignore, et c'est pour cette raison que nous avons cette conversation, vous et moi.

Le serveur revient avec la pinte de bière brune. Killien en boit une grande gorgée.

– Lorsqu'elle a contacté Scotland Yard pour la première fois au sujet de cette vieille affaire, j'ai demandé qu'on y jette un coup d'œil, ne serait-ce que par courtoisie. Ce qui voulait dire se renseigner sur elle également. Simples vérifications de routine, ajoute le commissaire. Et nous avons découvert une chose fort troublante, pas sur cette affaire, qui m'intéresse bien peu, je l'avoue. Mais sur Monique Lamont elle-même, sur des transactions en liquide et des dons qui ont attiré l'attention du Trésor américain. Visiblement, son nom figure dans les ordinateurs de la Defense Intelligence Agency.

Killien repose brutalement sa pinte de bière brune.

– On la soupçonne de financer des terroristes ?

– Exactement.

– Ce qui vient tout de suite à l'esprit, c'est une erreur bureaucratique. Peut-être a-t-elle effectué d'importants virements pour des raisons absolument légales, suggère le superintendant.

C'est plus fréquent que le croient les gens. D'après ce qu'il a lu dans le dossier de Lamont, comme le commissaire avant lui, elle possède des millions de dollars qu'elle n'a pas acquis seule ; elle manipule de grosses sommes d'argent, elle paie cash des achats importants, en Amérique et à l'étranger, elle fait des dons généreux à diverses organisations. Soudain il repense à une chose qu'il vient de lire. À l'automne dernier, elle a brusquement changé de parti politique. Ce revirement a pu pousser une personne qui se sentait trahie ou offensée à se venger.

– Le plus préoccupant, dit le commissaire, est un don très

important qu'elle a fait récemment à une association qui vient en aide aux enfants de Roumanie. Certaines de ces organisations, comme vous le savez, servent à rassembler des fonds pour les terroristes. Celle à laquelle Lamont a contribué, en particulier, est suspectée de trafic d'enfants, qu'elle remet à Al-Qaïda pour commettre des attentats-suicides et autres.

Il explique ensuite à Killien que les journaux ont fait leurs choux gras de ce don, de la compassion de Lamont envers les orphelins, ce qui conduit Killien à penser que si cette organisation caritative sert réellement de paravent aux terroristes, il est peu probable que Lamont soit au courant. Sinon, pourquoi donnerait-elle une conférence de presse à ce sujet? Peu importe. Il n'est pas nécessaire d'avoir des intentions délictueuses pour être reconnu coupable d'un crime.

Le commissaire ajoute:

– Elle figure sur la liste des personnes qui ne sont pas autorisées à prendre l'avion, mais sans doute l'ignore-t-elle car elle n'a pas cherché à réserver un billet d'avion depuis plusieurs mois. Quand elle le fera, elle découvrira qu'elle est surveillée. C'est la raison pour laquelle nous devons nous occuper de cette affaire immédiatement.

– Si ses avoirs ont été gelés, elle est certainement déjà au courant.

– La CIA, le FBI et la DIA laissent fonctionner un certain nombre de comptes bancaires afin de surveiller les modes de financement des terroristes. On peut donc penser que Lamont ne sait rien.

Cette remarque réveille les propres craintes de Killien. On ne sait jamais qui fouille dans votre compte en banque, vos *e-mails*, votre dossier médical, la liste de vos sites préférés sur Internet, jusqu'au jour où vous découvrez que votre argent est gelé ou que vous ne pouvez pas prendre l'avion, lorsque des agents font irruption au bureau ou chez vous pour vous embarquer et vous interroger, avant, éventuellement, de vous expédier dans une prison secrète d'un pays qui nie utiliser la torture.

– Quel rapport avec le meurtre de Janie Brolin et notre soudaine précipitation à nous occuper de cette affaire ? demande-t-il.

Le commissaire fait signe au serveur de lui apporter un autre whisky et répond :

– Ça nous donne un prétexte pour enquêter sur Monique Lamont.

Le dôme de la State House, siège du gouvernement de l'État du Massachusetts, brille au-dessus de Boston telle une couronne dorée, et en le regardant à travers la vitre teintée de la Ford Expedition noire de la police, Lamont se demande pourquoi une dorure vingt-trois carats et non pas vingt-quatre.

Une petite question sans intérêt qui irritera à coup sûr le gouverneur Mather, lui qui se targue d'être un grand historien. Ce matin elle est d'humeur à le déstabiliser, le plus possible. Pour lui faire payer son affront, tout en lui rappelant combien elle est précieuse. Il finira par l'écouter et prendre conscience de l'ingéniosité de son initiative criminelle : l'affaire Janie Brolin et ses implications internationales colossales.

L'assistant qui escorte Lamont est bavard, pas elle. Elle marche d'un pas déterminé ; elle connaît bien ce couloir, la chambre du Conseil, la salle de réunion de l'Assemblée de l'État, la salle d'attente avec les portraits et quelques belles antiquités, et enfin le saint des saints. Tout cela aurait dû être à elle.

– Monsieur le gouverneur ? dit l'assistant. Mlle Lamont est ici.

Assis à son bureau, en train de signer des documents, il ne lève pas la tête. Elle entre.

Elle dit :

– Si quelqu'un connaît la réponse à cette question, c'est vous, Howard. Le dôme. Pourquoi vingt-trois carats et pas vingt-quatre ?

– Il faudra demander ça à Paul Revere, je pense.

Il a l'esprit ailleurs.

– Il l'a couvert de cuivre, dit Lamont.

Le gouverneur signe encore un document.

– Quoi ?

– Au cas où on vous poserait la question, je suis sûre que vous n'aimeriez pas dire une bêtise. Paul Revere a couvert le dôme pour le rendre étanche. (Elle s'assoit dans un fauteuil massif tapissé de tissu damassé somptueux.) Le dôme n'a été recouvert de feuilles d'or qu'un siècle plus tard environ. Et je suis fascinée de voir que vous avez choisi un portrait de William Phips. (Elle examine le tableau sévère accroché au-dessus de la cheminée en marbre dans le dos de Mather.) Notre bien-aimé gouverneur, rendu célèbre par le procès des sorcières de Salem, ajoute-t-elle.

Un des avantages de cette fonction, c'est qu'on peut accrocher dans son bureau le portrait de son gouverneur du Massachusetts préféré. Tout le monde sait que Mather aurait choisi un portrait de lui-même s'il existait déjà. Le pieux William Phips, pourfendeur du diable, regarde Lamont de travers. Celle-ci examine les antiquités, les ornements en stuc sur les murs. Pourquoi les hommes, surtout les républicains, raffolent-ils de Frederic Remington ? Le gouverneur possède une sacrée collection de bronzes. *Bronco Buster* sur son cheval fougueux. *Cheyenne* sur un cheval au galop. *Serpent à sonnette* qui s'apprête à mordre un cheval.

– Je vous remercie de prendre le temps de me recevoir, Howard.

Il réfléchit à voix haute :

– Une dorure de vingt-trois carats sur le dôme de la State House et non pas vingt-quatre… Je le découvre, mais c'est assez symbolique, non ? Peut-être pour nous rappeler que le gouvernement n'est pas totalement pur.

Mais le gouverneur, lui, est un pur républicain conservateur. Blanc, la soixantaine, un visage béat et agréable qui contraste avec le personnage hypocrite, sans cœur, qui se cache derrière. Dégarni, bedonnant, suffisamment paternel pour ne pas paraître autoritaire ou malhonnête, contrairement à Lamont, qui passe pour une emmerdeuse et une menteuse parce qu'elle est belle, brillante, large d'esprit, magnifiquement habillée, et parce qu'elle clame haut et fort son soutien à ceux et celles qui ont moins de chance qu'elle. Pour résumer, elle a tout d'une démocrate. Et elle le serait encore – elle serait même gouverneur, à vrai dire – si elle n'avait pas remis son sort entre les mains d'un descendant direct de cet hystérique de la chasse aux sorcières, Cotton Mather.

– Que dois-je faire ? demande Lamont. C'est vous le stratège. J'avoue que je suis une néophyte dès qu'il s'agit de politique.

– J'ai réfléchi à cette histoire de YouTube, et ce que j'ai à dire va peut-être vous surprendre. (Il pose son stylo.) Il se trouve que j'y vois non pas un handicap, mais, au contraire, une ouverture. Voyez-vous, Monique, la pure vérité, c'est que votre ralliement au Parti républicain n'a pas eu, je le crains, l'effet escompté. L'opinion publique, maintenant plus que jamais, voit en vous la quintessence de la femme libérale et ambitieuse. Pas le genre de femme qui reste à la maison, élève ses enfants…

– Tout le monde sait bien que j'aime les enfants, que je me soucie sincèrement – et je le montre – de leur sort, surtout les orphelins…

– Oui, les orphelins de Lituanie, par exemple…

– De Roumanie.

– Vous auriez dû choisir des orphelins de chez nous. Des orphelins d'Amérique. Peut-être quelques enfants déplacés à cause de l'ouragan Katrina, par exemple.

– Vous auriez pu me le suggérer avant que je fasse le chèque, Howard.

– Comprenez-vous où je veux en venir ?

– À la raison pour laquelle vous m'évitez depuis votre élection. C'est là où vous voulez en venir, je suppose.

– Souvenez-vous des discussions que nous avons eues avant l'élection.

– Je me souviens de chaque mot.

– Et, visiblement, vous les avez tous ignorés juste après. Ce que je considère comme une preuve d'ingratitude et d'imprudence. Et maintenant que vous êtes dans le besoin, vous venez me trouver.

– Je vous revaudrai ça, et sachez combien…

– Si vous voulez devenir une figure du Parti républicain, la coupe-t-il, vous devez incarner des valeurs familiales conservatrices. Soyez leur farouche partisane, leur championne acharnée. Dénoncez l'avortement, le mariage homosexuel, le réchauffement climatique, la recherche sur les cellules souches… Bref… (Il joint les bouts de ses doigts.) Ce n'est pas à moi de juger et je me fiche de ce que font les gens dans leur intimité.

– Tout le monde s'intéresse à ce que font les gens dans leur intimité.

– Je ne suis pas naïf lorsqu'il est question de traumatismes émotionnels. Comme vous le savez, j'ai servi au Vietnam.

Ils s'engagent sur un terrain auquel Lamont ne s'attendait pas et elle commence à se hérisser.

– Après ce que vous avez enduré, il est logique que vous ayez davantage de choses à prouver. Agressive, en colère, opiniâtre, peut-être même un peu déséquilibrée. La peur de l'intimité.

– J'ignorais que le Vietnam avait eu cet effet sur vous, Howard. Ça me fait de la peine de découvrir que vous avez peur de l'intimité. Comment va Nora, au fait ? Je n'arrive toujours pas à l'imaginer dans le rôle de la *First Lady*.

Une vieille femme au foyer boulotte, avec le QI d'une huître.

– Au Vietnam je ne me suis pas fait violer, réplique le gouverneur d'un ton neutre. Mais je connais des prisonniers qui l'ont été. (Son regard se perd dans le vague, comme le gouverneur Phips sur le tableau.) Les gens éprouvent de la compassion pour ce qui vous est arrivé, Monique. Seul un monstre serait insensible à ce terrible événement survenu l'an dernier.

– Événement ? (Elle s'enflamme.) Vous appelez ça un événement ?

– Soyons réalistes, reprend-il avec douceur. Les gens se contrefichent de nos problèmes, de nos mésaventures, de nos drames. L'être humain déteste la faiblesse ; c'est dans sa nature. C'est l'instinct animal. Et nous n'aimons pas les femmes qui ressemblent trop à des hommes. La force, le courage, c'est très bien dans une certaine mesure, quand ils se manifestent avec féminité, si je puis dire. Ce que je veux vous faire comprendre, c'est que cette vidéo diffusée sur YouTube est une bénédiction. Vous vous faites belle devant la glace. Vous vous efforcez de paraître séduisante d'une manière que les hommes apprécient et à laquelle les femmes peuvent s'identifier. C'est exactement l'image dont vous avez besoin maintenant pour inverser cette déplorable vague de spéculations, selon lesquelles ce qui vous est arrivé aurait détruit vos capacités de leader potentiel. Certes, vous avez suscité une forte dose de compassion et d'admiration dans l'opinion au début, mais maintenant ça évolue rapidement dans l'autre sens. Vous êtes perçue comme distante, trop dure, trop calculatrice.

– Je l'ignorais.

– Les dangers d'Internet sont évidents, poursuit-il. N'importe qui peut devenir journaliste, auteur, commentateur ou producteur de films. Mais les avantages sont tout aussi évidents. Les gens comme nous peuvent en faire autant. On peut rendre la monnaie de leurs pièces à ces pseudos... Si j'utilisais le mot qui me vient à l'esprit, je serais aussi vulgaire que Richard Nixon. Vous pourriez même envisager de filmer votre propre vidéo pour la diffuser anonymement. Et ensuite, après un déluge de spéculations, en laisser le crédit à un pauvre minable quelconque.

C'est exactement ce que fait Mather. Elle l'a compris depuis longtemps.

– Quel genre de vidéo ? demande-t-elle.

– Je ne sais pas. Allez à l'église en compagnie d'un veuf séduisant qui a plusieurs jeunes enfants. Adressez-vous aux fidèles avec une vive émotion, parlez de votre revirement, une expérience de conversion dans le genre chemin de Damas, qui a fait de vous une militante acharnée du droit à la vie et d'un amendement à la Constitution pour interdire le mariage homosexuel. Parlez du drame des gens et des animaux de compagnie déplacés par Katrina pour faire oublier que vous avez aidé des orphelins qui ne sont pas américains.

– On n'envoie pas ce type de documents sur YouTube. Il faut que ce soit un moment pris sur le vif, gênant, provocant, héroïque ou drôle. Comme ce bouledogue qui fait du skate…

– Eh bien… (Il prend un ton agacé.) Tombez dans l'escalier en descendant de l'autel. Ensuite, un enfant de chœur ou, mieux encore, le pasteur se précipite pour vous aider et, sans le vouloir, vous touche les seins.

– Je ne vais pas à l'église. Je n'y suis jamais allée. Et j'estime ce scénario dégradant…

– Examiner votre décolleté dans les toilettes, ça ne l'est pas ?

– Vous venez de dire que non. Vous trouviez cela séduisant. Vous avez dit que c'était irrésistible et que grâce à ça les gens se souvenaient que j'étais une femme désirable et non pas une sorte de tyran sans pitié.

– Le moment est mal choisi pour faire votre mauvaise tête, lâche-t-il sur un ton de mise en garde. Vous n'avez pas trois ans devant vous avant que la machine se remette en marche. Elle est déjà repartie.

– C'est pourquoi j'ai voulu à maintes reprises vous parler d'une autre affaire. (Elle saute sur l'occasion qui lui est offerte.) C'est une initiative qui va vous intéresser.

Elle ouvre son attaché-case et sort un résumé du dossier Janie Brolin. Elle le lui tend.

Le gouverneur le parcourt, secoue la tête et dit :

– Je me fiche pas mal que ce Win Machin-Chose résolve cette affaire ou pas. Ça fera la une des journaux pendant un jour ou deux, et au moment des élections plus personne n'y pensera.

– Il ne s'agit pas d'une seule affaire. Ça va beaucoup plus loin. Et j'insiste sur le fait que ça ne doit pas être rendu public pour l'instant. En aucun cas. Je vous mets dans la confidence, Howard.

Il croise les mains sur son bureau.

– Je ne vois pas pourquoi j'en parlerais, étant donné que ça ne m'intéresse pas. Je préfère m'occuper de votre autodestruction.

Voilà ce qu'on appelle une déclaration ambiguë.

– C'est pour cela que j'ai pris le temps de vous conseiller, ajoute-t-il. Pour que ça s'arrête.

C'est elle qu'il veut arrêter, elle le sait. Il la méprise depuis toujours, et s'il l'a soutenue lors des dernières élections, c'est dans un but très simple : les républicains avaient besoin de remporter le maximum de sièges, surtout au niveau des gouverneurs, et la seule façon d'y parvenir, c'était d'affaiblir le Parti démocrate à la dernière minute en poussant Lamont à se retirer de la course. Quand il affirmait l'avoir fait « pour des raisons personnelles », c'était une façade. En coulisse, Mather et elle avaient conclu un accord, dont elle découvre maintenant qu'il n'a nullement l'intention de le respecter. Elle ne sera jamais sénateur du Parti républicain, ni membre du Congrès, et surtout elle ne fera jamais partie de l'administration de Mather si jamais il atteint son but, qui est d'être élu à la présidence avant de mourir. Elle a été victime de sa machination car, à vrai dire, à cette époque elle n'avait plus toute sa tête.

– Vous allez m'écouter, reprend le gouverneur. Ce projet est stupide et futile, et votre image a été suffisamment écornée. Jusqu'à la fin de vos jours.

– Vous ne connaissez pas les éléments du dossier. Quand vous les connaîtrez, vous changerez d'avis.

– Présentez-moi l'affaire, dans ce cas. Faites-moi changer d'avis.

– Il ne s'agit pas de résoudre une affaire vieille de quarante-cinq ans, dit-elle. Il s'agit de nous allier à la Grande-Bretagne pour résoudre des crimes parmi les plus ignobles de l'histoire. L'Étrangleur de Boston.

Le gouverneur fronce les sourcils.

– Qu'est-ce que la Grande-Bretagne vient foutre dans cette histoire de fille aveugle qui se fait violer et assassiner à Watertown ? Quel rapport entre la Grande-Bretagne et l'Étrangleur de Boston, nom d'un chien ?

– Janie Brolin était une citoyenne britannique.

– On s'en fout ! À moins que ce ne soit la mère de Ben Laden !

– Elle a très probablement été assassinée par l'Étrangleur de Boston. Scotland Yard est intéressé. Très intéressé même. J'ai discuté avec le commissaire. Longuement.

– J'ai du mal à le croire. Pourquoi est-ce qu'il perdrait son temps au téléphone avec un procureur du Massachusetts ?

– Peut-être parce qu'il prend son travail à cœur et qu'il ne doute pas de ses capacités, rétorque-t-elle subtilement. Il n'oublie pas, non plus, que la Grande-Bretagne et les États-Unis ont tout intérêt à instaurer une nouvelle collaboration maintenant qu'il y a un nouveau Premier ministre et bientôt, espérons-le, un nouveau président qui ne...

Elle se souvient qu'elle est républicaine ; elle doit surveiller ses paroles.

– Une collaboration au sujet de l'Irak, du terrorisme, oui, réplique le gouverneur. Mais l'Étrangleur de Boston ?

– Croyez-moi, Scotland Yard est enthousiaste et totalement impliqué. Je n'insisterais pas si je n'avais pas déjà réglé cette question.

– Quand même, j'ai du mal à croire...

– Écoutez-moi, Howard. L'enquête a débuté. C'est parti. La plus extraordinaire coalition de lutte contre le crime de tous les temps. La Grande-Bretagne et les États-Unis combattant ensemble pour réparer un terrible tort commis à l'encontre d'une pauvre aveugle sans défense, une personne banale dans un lieu banal nommé Watertown.

– Tout cela est absurde.

Mais ça l'intéresse.

– Si mon plan réussit, et il réussira, dit Lamont, vous en retirerez directement tout le crédit. Non seulement cela prouvera que vous menez le combat pour la justice et que vous avez du cœur, mais en plus, vous serez propulsé sur la scène internationale. Vous serez élu homme de l'année par *Time Magazine.*

Les poules auront des dents avant qu'elle lui laisse le crédit de cette opération. Et si quelqu'un est élu homme de l'année, ce sera elle.

– Si fascinant que ce soit d'imaginer que cette jeune Britannique aveugle a été assassinée par l'Étrangleur de Boston, reprend le gouverneur, je ne vois pas du tout comment vous allez réussir à le prouver.

– On ne peut pas prouver le contraire. C'est ce qui garantit le succès.

– Vous n'avez pas intérêt à vous tromper sur ce coup-là, prévient-il. Si jamais quelqu'un se retrouve dans le pétrin, je veillerai à ce que ce soit vous. Pas moi.

– C'est pour cela que nous ne devons rien dire à la presse dans l'immédiat, répète Lamont. (Il va transmettre l'information immédiatement.) Nous dévoilerons tout au public seulement en cas de succès. (Il n'attendra pas.) Un succès dont je ne doute pas, comme je vous le disais, ajoute-t-elle.

Évidemment, il lit entre les lignes. Elle voit ses pensées dans ses petits yeux brillants. Superficiel, sot et lâche. Il va lancer les médias sur le coup car, d'après son raisonnement limité, si cette initiative échoue, ce sera la goutte d'eau qui fait déborder le vase et elle ne s'en remettra sans doute jamais. En revanche, en cas de réussite, il se placera en première ligne, aussitôt après la bataille, pour en retirer tout le crédit, ce qui aura uniquement pour effet (c'est ce qui lui échappe) de le faire apparaître comme le politicien malhonnête et cynique qu'il est. À l'arrivée, il n'y aura qu'un seul vainqueur : elle, nom de Dieu.

– Vous avez raison, dit le gouverneur. Gardons le secret pour l'instant, attendons que ce soit un fait accompli.

Voie rapide de Revere Beach, ils passent à toute allure devant le glacier Richie's Slush, avec son toit à rayures rouges et blanches, en direction de Chelsea.

– À ne pas confondre avec le Chelsea de Londres, précise Stump.

– Encore une de tes allusions littéraires sophistiquées ? demande Win.

– Non. C'est un beau quartier branché de Londres.

– J'y suis jamais allé.

Le Chelsea du Massachusetts, situé à trois kilomètres de Boston, compte parmi les villes les plus pauvres de l'État ; on y trouve un des plus importants regroupements d'immigrés sans papiers et le taux de criminalité le plus élevé. Les habitants, de toutes les cultures, de toutes les langues, entassés les uns sur les autres, aux abois, ne s'entendent pas, et leurs différences les conduisent souvent en prison ou au cimetière. Les gangs sont un fléau : ils volent, violent et tuent, simplement parce ils en ont la possibilité.

– Un exemple de ce qui arrive quand les gens ne se comprennent pas, dit Stump. J'ai lu quelque part qu'on parlait trente-neuf langues dans ce coin. Les gens ne peuvent pas communiquer ; un tiers d'entre eux au moins sont illettrés. Des quiproquos éclatent et ensuite quelqu'un se fait tabasser, poignarder ou flinguer dans la rue. Tu parles espagnol ?

– Je connais quelques mots clés comme *no*. Ce qui veut dire « non ».

Le paysage ne cesse de se dégrader – groupes de maisons

délabrées avec des barreaux aux fenêtres, de multiples établissements de crédit, des lave-autos… – à mesure que Stump s'enfonce dans le cœur obscur et déprimant de la ville, tandis que le GPS suspendu au rétroviseur lui indique de tourner par ici ou par là. Ils pénètrent dans une zone industrielle qui, à la grande époque de la mafia, était l'endroit idéal pour abandonner des corps ; quelques kilomètres carrés, sordides et effrayants, de cabanes en tôle rouillée, d'entrepôts et de décharges. Certaines entreprises sont légales, explique Stump. Mais la plupart servent de couverture pour le trafic de drogue, la revente de marchandises volées et autres activités louches comme la « disparition » de voitures, de camions, de motos ou de petits avions.

– Même un yacht, une fois, ajoute-t-elle. Le type voulait toucher l'argent de l'assurance ; il a prétendu qu'on lui avait volé son bateau et il l'a transporté ici pour le faire transformer en cube.

L'iPhone de Win sonne de nouveau. Il regarde qui l'appelle. Numéro inconnu. Celui de Lamont s'affiche de cette façon. Il répond et la voix du journaliste Cal Tradd, du *Crimson*, résonne dans son oreille.

– Comment avez-vous eu ce numéro ? lui demande Win.

– C'est Monique qui m'a dit de vous appeler. Il faut que je vous interroge au sujet de l'affaire Janie Brolin.

Maudite soit-elle ! Elle lui avait promis que les médias ne seraient pas informés tant que l'affaire n'aurait pas été résolue.

– C'est important, ajoute Cal. J'ai besoin de vérifier que vous êtes en mission spéciale et qu'il existe un lien avec l'Étrangleur de Boston.

– Allez vous faire foutre ! Combien de fois devrai-je vous répéter que je ne parle pas aux journalistes ?

– Vous avez écouté la radio, regardé la télé ? Votre

patronne est furieuse. Quelqu'un a craché le morceau, et à mon avis ça vient du bureau du gouverneur. Je ne citerai pas de noms, mais sachez simplement que je connais certains des crétins qui travaillent là-bas…

– Je ne confirme rien, dit Win en lui coupant la parole.

Il raccroche et lance à Stump :

– Toute la presse en parle.

Elle ne dit rien ; elle est occupée à conduire et à injurier le GPS. Celui-ci lui demandait d'effectuer un demi-tour sans infraction.

CHAPITRE 6

Stump se gare dans une ruelle, d'où ils ont une vue d'ensemble sur DeGatetano & Sons, un dépôt de ferraille dans lequel se dressent des montagnes de morceaux de métal tordus, derrière un grillage surmonté de fil de fer barbelé.

Elle demande :

– Tu vois où on est ?

– J'ai vu où on était avant qu'on arrive. Tu dois penser que je passe mon temps à traîner dans les *coffee shops* de Cambridge, répond Win.

Des clients aux mines patibulaires entrent avec des camionnettes, des fourgonnettes et des voitures, toutes chargées d'aluminium, de fer, de laiton et, bien évidemment, de cuivre. Les regards sont fuyants ; les types remplissent des caddies de supermarché, qu'ils poussent à l'intérieur de l'atelier, puis ils disparaissent dans une obscurité bruyante.

– Une Taurus banalisée dans une ruelle ? reprend-elle. C'est comme si on était à bord d'un Boeing 747. Peut-être que nous devrions faire attention à notre environnement, car eux, ils font attention à nous, c'est sûr.

– Dans ce cas, peut-être que tu devrais moins te faire remarquer.

– Il n'y a rien de plus dissuasif : se faire remarquer.

– Oui. C'est comme la chasse aux cafards. On les fait fuir d'un coin à l'autre, et pour finir ils se retrouvent dans le coin où ils étaient au départ. Pourquoi m'as-tu amené ici ?

– La chasse aux cafards, c'est exactement l'impression que je veux donner à ces gens ; je veux qu'ils pensent que je traque des petits voleurs insignifiants. Des ouvriers du bâtiment, des artisans, des entrepreneurs, tous ces salopards qui fauchent des métaux sur les chantiers. Ils apportent tout ici ; on ne leur demande pas leurs papiers, on ne leur pose pas de questions, ils sont payés en liquide, les clients qu'ils arnaquent ne se doutent de rien. Rappelle-moi de ne jamais faire retaper ou construire une maison.

– Si tu viens régulièrement par ici, comment se fait-il que tu aies besoin d'un GPS ? demande-t-il.

– OK, j'avoue. Je n'ai guère le sens de l'orientation. Aucun, à vrai dire. (Cette affirmation a un accent de vérité.) Et je te serais reconnaissante de le garder pour toi.

Win remarque un individu maigre, portant des vêtements amples et une casquette de base-ball, qui descend d'un pick-up où s'entassent des morceaux de toiture, des tuyaux, des gouttières cabossées, tout cela en cuivre.

– J'appelle ça le « crime désorganisé », dit Stump. Contrairement au bon vieux temps, quand j'étais gosse, à Watertown. Tout le monde se connaissait, les gens mangeaient dans le même restau que la mafia, ces types qui pensaient à ta grand-mère à Noël ou qui t'offraient une glace. Tu veux que je te dise la vérité ? Ils faisaient le ménage dans les rues, ils ramassaient les ordures. Les cambrioleurs, les violeurs, les pédophiles ? Ils finissaient dans la Charles River, la tête et les mains tranchées.

L'individu maigre qu'il observe est une femme.

– Le crime organisé était une bonne chose, reprend Stump. Au moins ces gens-là avaient un code de l'honneur, ils étaient opposés au tabassage des vieilles dames, au car-jacking, au cambriolage ; ils ne molestaient pas les enfants et ils ne te tiraient pas une balle dans la tête pour te piquer ton portefeuille. Ou même sans aucune raison.

La femme maigre pousse deux chariots vides vers son pick-up.

– Du cuivre. Vendu actuellement 8 000 dollars la tonne environ au marché noir en Chine. (Stump change brusquement de sujet en suivant le regard de Win.) Tu commences à comprendre pourquoi je t'ai amené ici ?

– Raggedy Ann, dit-il. Ou quel que soit son vrai nom.

Elle remplit un caddie de débris de cuivre.

– Super-voleuse, dit Stump.

– Hein ? Ce petit trafic minable ? répond Win, incrédule.

– C'est bien une voleuse, crois-moi. Mais ce n'est pas elle qui m'intéresse. Je veux le type qui fait les gros coups. Celui qui dépouille les maisons des tuyaux et des gouttières. Il arrache des kilomètres de câbles sur les lignes électriques ou les chantiers ; il force les fourgonnettes des télécoms. Peut-être que son vrai business, c'est la drogue : il prend son fric et il achète de l'oxycodine, qu'il revend ensuite dans la rue. Environ 1 dollar le milligramme de nos jours. La drogue conduit à d'autres crimes, qui conduisent à la violence. Dont le meurtre.

– Et tu penses que ton super-voleur livre le cuivre volé ici, conclut Win.

– Quelque part par ici, oui. Dans ce charmant établissement en particulier? C'est sans doute un des nombreux revendeurs qu'il utilise.

Win observe Raggedy Ann et dit:

– Une indic, je suppose.

– Ah, tu commences à piger, dit Stump.

La fille pousse son chariot; elle ne paraît pas inquiète du tout, comme si elle était chez elle dans le monde dangereux des casses de Chelsea.

– Qu'est-ce qui te fait penser que c'est la même personne qui réalise tous les gros coups? demande Win.

– Un détail qu'on retrouve presque à chaque fois. Je pense qu'il photographie ses vols. On a retrouvé des emballages d'appareils photo jetables, toujours la même marque. Un Solo H_2O étanche, avec flash, vendu environ 16 dollars dans les magasins, quand on en trouve. Et sur Internet pour 6 ou 7 dollars. Il les laisse sur place, bien en évidence.

La demeure de Brattle Street. Le vandalisme, les tuyaux et les gouttières en cuivre arrachés, et l'emballage de l'appareil photo jetable Solo H_2O dans la cuisine; une maison où Win a découvert des indices dont il craint qu'ils soient truqués et qu'ils conduisent jusqu'à lui. Il est sur le point de parler à Stump de son sac de sport volé, mais il s'abstient. Comment diable peut-il savoir qui fait quoi dans cette histoire? Il est pris dans une toile et l'araignée qui se trouve au milieu a le visage de Lamont.

Il demande:

– Il y avait des empreintes sur les emballages des appareils photo que vous avez découverts?

– Hélas, non. Les réactifs habituels n'ont rien donné sur le carton et la SuperGlue n'a fait apparaître aucune empreinte sur le plastique. Mais ce n'est pas parce qu'on ne voit pas une empreinte qu'elle n'existe pas. Peut-être que les labos auront davantage de chance ; ils possèdent plus d'instruments sophistiqués que moi. S'ils daignent s'en occuper un jour.

Il est sur le point de lui demander si elle a déjà entendu parler d'une SARL baptisée FOIL, mais il n'ose pas. Lamont a passé plus d'une heure à l'intérieur de cette demeure victorienne abandonnée. Avec qui était-elle ? Que faisait-elle ?

– Laisse-moi te poser une question, par simple goût de la spéculation, dit-il. Pourquoi ton voleur de cuivre photographierait-il les lieux de ses délits ?

– Une réponse vient immédiatement à l'esprit, répond Stump. Il prend son pied de cette façon.

– Un peu comme ton braqueur de banques qui prend son pied en laissant le même mot à chaque fois ? Il prend son pied en paradant, en montrant à tout le monde que c'est toujours lui qui fait le coup, sans laisser d'empreintes, même partielles, alors qu'on voit bien sur les vidéos de surveillance qu'il ne porte pas de gants ?

– Es-tu en train de suggérer que ce serait le même type qui serait à l'origine de tout ça ? Les braquages et les vols de cuivre ? demande-t-elle, sceptique.

– Je ne sais pas. Mais les criminels qui se vantent de leurs actes et provoquent la police ne courent pas les rues. Et donc avoir deux vagues de délits dans le même secteur avec des modes opératoires qui ressemblent à ce que je viens de décrire, c'est extrêmement rare.

– J'ignorais que tu étais *profiler*, en plus de tous tes autres talents.

– J'essaye juste de t'aider.

– Je n'ai pas besoin de ton aide.

– Qu'est-ce que je fais ici alors ? Tu aurais pu me dire tout simplement que cette Raggedy Ann était une indic ; j'aurais compris que je devais garder mes distances. Ce n'était pas la peine de m'exhiber.

– Voir, c'est croire.

– Tu veux bien me dire son nom, ou bien vais-je devoir continuer à l'appeler Raggedy Ann toute ma vie ?

– Tu ne la fréquenteras pas toute ta vie, crois-moi. Je ne te donnerai pas son nom et je t'explique les règles… (Stump regarde de l'autre côté de la rue.) Tu ne l'as jamais vue avant aujourd'hui, elle ne nous a jamais vus et elle s'en fout. On est ici parce que je passais par hasard. Pas de quoi en faire un plat. Comme je te l'ai expliqué, ça m'arrive de temps en temps.

– Je suppose que tu vas faire comme si tu ne la connaissais pas, toi non plus.

– Tu supposes bien.

Raggedy Ann entre dans l'atelier en poussant son chariot.

– Le type qui gère cette casse s'appelle Bimbo ; c'est le plus gros receleur de Chelsea. Il croit qu'on est potes, lui et moi. Allez, viens, dit Stump.

Des yeux les regardent de tous les côtés lorsqu'ils descendent de voiture et traversent la rue. L'atelier est sale et bruyant ; des hommes nettoient et démontent des plaques de métal, ils les découpent, les débarrassent des boulons, des vis, des clous, de l'isolant. Ils les jettent en tas, bruyamment. Raggedy Ann fait glisser son chariot rempli de cuivre sur une bascule, du genre de celles qu'on utilise dans les morgues pour peser les corps, et un type sort d'un bureau qui ressemble à une porcherie. Il est petit, avec des cheveux noirs enduits de gel et un corps gonflé aux stéroïdes, aussi trapu qu'une botte de foin.

Il s'adresse à Raggedy Ann, qui ressort de l'atelier sans se presser. Il fait signe à Stump et demande :

– Comment va ?

– Je veux te présenter un ami, dit-elle.

– Ah oui ? Je l'ai déjà vu quelque part. Dans le journal, peut-être, fait Bimbo.

– Il fait partie de la police d'État. On l'a vu dans le journal et à la télé parce qu'il a été obligé de tuer un type l'an dernier.

– Je m'en souviens vaguement. Le type qui s'est tapé le procureur.

– Il est réglo, sinon il ne serait pas là, ajoute Stump.

Bimbo dévisage Win, puis conclut :

– Si tu dis qu'il est réglo, je te crois.

– Apparemment, il a eu un petit problème à Lincoln. Avant-hier soir. Encore un vol, tu vois ce que je veux dire, reprend Stump.

– Je vois débarquer un tas de trucs, répond Bimbo. Ça s'est passé où ?

– Dans une énorme baraque. 4 millions de dollars. Juste avant le début des travaux, quelqu'un se pointe et pique tous les câbles. Résultat, l'entrepreneur doit engager des vigiles vingt-quatre heures sur vingt-quatre pour éviter que ça se reproduise.

Bimbo hausse ses larges épaules.

– Qu'est-ce que tu veux savoir ? Le cuivre, c'est pas mon truc. J'ai touché une grosse quantité de câbles ces deux derniers jours, ils sont déjà dans les fourneaux.

Raggedy Ann entre en poussant un autre caddie rempli de bouts de cuivre ; elle le fait rouler sur la bascule. Sans prêter la moindre attention à Stump et à Win. Ils n'existent pas.

Bimbo dit à Stump :

– J'ouvrirai l'œil. J'ai aucune envie que ce genre de trucs se produise. Je gère une affaire honnête.

– C'est ça. Une affaire honnête, répète Stump tandis que Win et elle s'en vont. La seule chose qui ne soit pas volée ici, c'est le bitume.

– Tu viens de me griller devant ce salopard, lâche Win avec colère lorsqu'ils remontent en voiture.

– Tout le monde se fout de savoir qui tu es par ici. Du moment que Bimbo s'en fout aussi. Et maintenant, il t'a à la bonne, grâce à moi.

– Mon œil ! Je t'interdis de me griller devant quiconque sans mon autorisation.

– À partir de maintenant, tu es sur le territoire du FRONT. Tu es un invité et les règles en vigueur, ce sont les nôtres, pas les tiennes.

– Ton territoire ? Aurais-tu changé ton fusil d'épaule ? J'ai l'impression qu'il n'y a pas si longtemps, ce matin encore, tu ne voulais pas me voir sur ton territoire. À vrai dire, tu m'as dit plusieurs fois d'aller me faire voir.

– Te présenter à Bimbo, ça fait partie du jeu. Il sait que tu es avec moi, et si jamais il te revoit, ou si quelqu'un d'autre te voit, pas de soucis.

– Pourquoi est-ce qu'il me reverrait ?

– Il y a de fortes chances pour que quelqu'un se fasse assassiner par ici. Donc c'est ta juridiction. Je viens de te procurer un passeport. Tu n'es pas obligé de me remercier. Et au cas où tu n'aurais pas compris ce que je voulais dire au sujet de Raggedy Ann… maintenant tu sais que je ne plaisante pas. Évite-la.

– Dans ce cas, dis-lui qu'elle arrête de m'écrire des mots.

– C'est fait.

– Tu disais que c'est une voleuse. C'est comme ça qu'elle s'est procuré ce cuivre ?

– Le cuivre que tu l'as vue décharger n'a pas été volé. J'ai un ami entrepreneur qui me rend service. Je file suffisamment de ferraille à cette fille pour qu'elle puisse se rendre chez Bimbo une ou deux fois par semaine.

– Il sait que c'est une indic ?

– Ce serait contraire au but recherché.

– Je te demande si lui ou quelqu'un d'autre a des soupçons.

– Il n'y a aucune raison. Elle trempe dans tous les trafics depuis des années. C'est triste. Elle vient pourtant d'une famille bien, mais comme un tas de gamins elle a sombré dans la drogue. Héroïne, amphés. Elle a fini par se prostituer et par voler pour assouvir ses besoins. Elle a fait deux ans de prison après avoir poignardé un type qui lui servait de mac ; son erreur a été de ne pas buter ce salopard. À peine sortie de taule, elle a repiqué au truc. Je l'ai envoyée dans une clinique de désintoxication, puis dans un centre fermé. Bref, elle compte beaucoup pour moi et je ne veux pas qu'elle meure.

Alors qu'ils passent devant d'autres cabanes rouillées et tressautent sur les rails de chemin de fer, le portable de Stump sonne à plusieurs reprises. Elle ne répond pas.

– J'en ai perdu une il y a deux Noëls de ça, reprend-elle. Elle s'est fait griller par un flic d'une brigade spéciale qui avait couché avec elle et décidé de citer son nom dans une déposition pour que personne ne la croie si jamais elle le dénonçait. Il l'a dénoncée en premier. Peu de temps après, elle a reçu une balle dans la tête.

Son portable sonne de nouveau ; elle appuie sur une touche pour le réduire au silence. C'est la quatrième fois depuis qu'ils ont quitté la casse, et elle ne regarde même pas qui l'appelle.

Les laboratoires de la police d'État suivent un protocole simple. Les indices que vous leur soumettez doivent être liés à un crime de manière irréfutable.

Ce que Win transporte dans plusieurs sacs en papier n'est lié de manière irréfutable à rien du tout, si ce n'est à ses peurs et même à un sentiment de panique. Si Lamont est impliquée dans une sinistre histoire et si elle veut le mouiller, il a l'intention de le découvrir en secret avant de contre-attaquer. Il a beau avoir l'imagination fertile, c'est le *pourquoi* de l'équation qui le déroute et l'agace. Pourquoi est-ce que quelqu'un s'introduirait chez Nana sans apparemment rien voler, hormis son sac de sport ? D'ailleurs, comment cette personne peut-elle savoir qui est Nana, et que Win passe chez elle presque chaque jour pour prendre de ses nouvelles, et qu'elle oublie fréquemment de verrouiller sa porte et de brancher l'alarme, et qu'il est donc facile d'entrer, de voler et de filer ?

À l'intérieur de l'immeuble du laboratoire, un agent prénommé Johnny est posté à l'accueil ; il semble fasciné par ce qui apparaît sur l'écran de son ordinateur.

– Quoi de neuf ? lui demande Win.

– Vous avez vu ça ? répond-il en montrant l'écran. Putain, c'est incroyable !

Il est en train de visionner le clip de Lamont dans les toilettes pour dames, sur YouTube. Win découvre ainsi son existence et il prend le temps de l'analyser soigneusement. Tailleur Escada vert, sac à main Gucci en peau d'autruche et chaussures à talons hauts assorties ; elle a visiblement été filmée à l'école des sciences politiques John F. Kennedy. Il se souvient que quelques minutes après sa conférence, elle l'a envoyé chercher un cappuccino, et pendant environ une heure elle a disparu. Sans intérêt, raisonne-t-il. Ce n'était pas difficile de se cacher dans les toilettes pour quelqu'un qui avait tout préparé, et apparemment tel était le cas. Une préparation minutieuse. Une mission de reconnaissance pour savoir à quel moment elle se rendrait aux toilettes et s'assurer qu'il n'y avait personne avant de se cacher dans une cabine. Une femme. Ou quelqu'un déguisé en femme.

Ce pouvait être un homme, si personne ne regardait à ce moment-là.

– C'est dégueulasse de faire ça, commente Johnny. Si quelqu'un faisait ça à ma femme, je le tuerais. On dirait que vous avez une sale affaire sur les bras. Mick était dans le bureau du directeur il y a moins d'une heure, concernant… C'est quoi son nom déjà ? La nana assassinée, celle de l'école pour aveugles, dont on parle partout.

– Janie Brolin.

– Oui, c'est ça.

– Lamont a sans doute envoyé Mick ici parce qu'elle s'inquiète au sujet d'éventuels indices, mais j'ai du mal à croire qu'il existe encore des éléments liés à cette affaire. Néanmoins, elle veut s'assurer qu'aucun scientifique ne parle à la presse, ajoute Win. C'est ce que je crois en tout cas.

– Pareil que moi. (C'est l'étrange façon qu'ont les natifs du Massachusetts de dire « moi aussi ».) Ouah ! (Il secoue son crâne rasé en regardant de nouveau Lamont sur YouTube.) Cette femme est tellement glaciale qu'on oublie qu'elle est chaude, si vous voyez ce que je veux dire. Elle a une sacrée paire de…

– Tracy est ici ? demande Win.

– Je l'appelle.

Il n'arrive pas à détacher les yeux de Lamont dans les toilettes pour dames.

Tracy est là et Win emprunte un long couloir, il passe devant le service d'enregistrement des indices, pénètre dans l'unité des scènes de crime, où il la trouve assise devant son ordinateur, en train d'examiner deux empreintes de doigts agrandies sur un écran fractionné ; des flèches indiquent les détails infimes qu'elle compare.

– On a un petit désaccord, dit-elle sans lever les yeux.

Win pose ses sacs en papier.

Elle montre le côté gauche de l'écran, puis le droit.

– L'ordinateur compte trois stries entre ces deux points. Moi, j'en compte quatre. Comme d'habitude, il ne voit pas ce que je vois. C'est ma faute, j'étais pressée, je ne l'ai pas nettoyé avant, j'ai pris un raccourci et j'ai utilisé le programme Encode. Bref, que puis-je pour toi ? Chaque fois que tu viens me voir avec des petits sacs en papier, c'est pour m'apporter des indices.

– Une sorte d'enquête officielle et une autre qui ne l'est pas du tout. C'est donc un service que je te demande.

– Qui ça, toi ?

– Je ne peux pas te donner de détails.

– Je ne veux rien savoir. Ça nuit à mon objectivité et ça renforce ma conviction que tout le monde est coupable.

– OK. Une boîte de Fresca que j'ai récupérée dans une poubelle l'autre jour. Un mot signé « Raggedy Ann » et une enveloppe. Ne ris pas. Il y a des empreintes sur l'enveloppe. Ça pourrait être celles de mon imbécile de propriétaire, que tu as déjà enregistrées dans la banque de données pour pouvoir le disculper, étant donné qu'il a déjà mis ses sales pattes partout. Je n'ai pas touché au mot et l'identité de l'auteur ne fait guère de doutes, mais j'aimerais quand même qu'on examine tout ça, y compris l'ADN sous le rabat de l'enveloppe et la boîte de Fresca, si tu peux supplier tes potes du service concerné ou le faire en douce. Nous avons également une bougie et une bouteille de vin, un excellent pinot, sur laquelle il y a peut-être mes empreintes. Et celles de la patronne de la boutique, qui seront également dans la base de données, étant donné qu'elle est aussi flic. J'ai des photos d'empreintes de chaussures et la balle de 9 mm que j'ai utilisée pour indiquer l'échelle. Je n'avais pas de règle sur moi, désolé.

– Que veux-tu que je fasse avec ces empreintes de chaussures ?

– Mets-les de côté pour l'instant, au cas où on découvrirait un élément de comparaison.

Sa paire de chaussures Prada volée, par exemple, si elle refaisait surface.

– Pour finir, ajoute-t-il, il y a l'emballage d'un appareil photo jetable.

– On en a reçu pas mal ces derniers temps, de différentes polices, toutes dans le comté de Middlesex.

– Je sais. Et les flics pensent que tu ne veux pas t'embêter avec ça.

– Je n'ai aucune envie de m'embêter avec ça, en effet, confirme Tracy. Leurs experts n'ont rien trouvé dessus, mais ils les envoient quand même, ils doivent penser qu'on possède une baguette magique. Peut-être qu'ils regardent trop la télé.

– Tu parles des gars du FRONT ?

– Sans doute.

– Il s'agit d'un seul type, une femme en l'occurrence, et elle ne croit pas aux baguettes magiques, dit Win. Et puisque mon emballage d'appareil photo est semblable à ceux que tu as déjà, si tu les faisais passer en priorité, dans le genre « à faire d'urgence » ? J'ai une idée.

– Chaque fois que tu viens ici avec tes pochettes-surprises, c'est toujours « à faire d'urgence », et tu as toujours des idées.

– Selon toi, qu'est-ce qu'on trouverait sur tout le corps d'un voleur de cuivre, y compris sur ses mains ? demande Win.

– De la crasse. Étant donné qu'il touche certainement de vieilles gouttières oxydées et plein de saloperies qui traînent sur les chantiers…

– Oublie la crasse. Je te parle d'une chose qui ne serait peut-être pas visible, dit Win. Dans le style microscopique.

– Tu veux examiner ces foutus emballages au microscope ?

– Non. Au luminol. Je veux que tu les analyses comme si tu cherchais du sang.

Il est en train de commander un café frappé au Starbucks quand il sent une présence dans son dos. Il jette un coup d'œil par-dessus son épaule. Cal Tradd.

Au moins, celui-ci a la décence de ne pas engager la conversation dans un lieu public. Win paie, prend une poignée de serviettes en papier, une paille, ressort et s'arrête près de sa voiture, il attend la confrontation qui n'a que trop tardé. Au bout de quelques minutes, Cal apparaît en sirotant une de ces boissons au café qui ressemblent plus à de la glace. Avec une épaisse couche de crème fouettée, du chocolat et une cerise sur le dessus.

– Vous me suivez ? demande Win. J'ai l'impression d'être suivi.

– Je suis si peu discret ? (Il lèche la crème, il porte de jolies lunettes de soleil. Des Maui Jim, à environ 300 dollars.) En fait, je me rendais au poste de police. Comme vous sans doute. Sinon, je ne pense pas que vous aiguiseriez vos nerfs déjà à vif en buvant plusieurs gobelets d'*espresso* dans un Starbucks de cette chère vieille ville de Watertown. J'ai repéré votre voiture.

– Ah bon ? Comment vous savez que c'est la mienne ?

– Je connais votre immeuble. D'ailleurs j'ai failli y louer un appart quand je suis entré à la fac. Au premier étage, à l'extrémité sud, juste au-dessus de ce minuscule rectangle goudronné où Farouk vous autorise à garer votre Ducati, votre Harley, votre Hummer ou cette chose… (Il montre la Buick.) Tout ce que vous conduisez, quoi.

Win le regarde fixement, lunettes noires contre lunettes noires.

– Demandez donc à Farouk, reprend Cal. Il se souviendra de moi. Le petit blond freluquet dont la maman poule a décidé que son précieux et si fragile bambin ne pouvait décemment pas habiter dans cette ancienne école. Bien que le quartier ne soit pas dangereux, en vérité. Mais vous connaissez les gens : ils jugent quelqu'un en fonction de son apparence, de son comportement, de son statut social. Et moi dans ce décor, un garçon riche, un musicien, un écrivain, brillant élève, avec un *look* de pédé. Un appel au crime ambulant. (Il replonge sa langue dans la crème fouettée.) D'ailleurs, je vous ai vu ce jour fatidique. Mais vous n'avez aucune raison de vous en souvenir. Au moment où on s'en allait, vous êtes passé au petit trot, vous avez sauté dans votre Crown Vic banalisée et vous avez filé à toute allure. Ma mère a dit : « Dieu du ciel, qui est ce bel homme ? » Le monde est petit, hein ?

– Gardez vos histoires à la con pour quelqu'un d'autre. Je n'ai rien à vous dire.

– Je ne vous ai pas demandé de me *dire* quelque chose. Vous feriez mieux d'*écouter*.

Ils regardent passer les voitures dans Mt. Auburn Street, une artère importante qui relie Watertown à Cambridge.

Win ouvre sa portière de voiture.

Cal aspire du café avec sa paille et ajoute :

– Je travaille sur une série de reportages concernant les vols de cuivre, un problème international, énorme, comme vous le savez. J'ai repéré cette fille complètement folle. Rusée par certains côtés, stupide par d'autres, mais surtout givrée.

Raggedy Ann, se dit Win.

– Je l'ai aperçue dans des endroits et des situations qui ont alerté mon sixième sens, ajoute Cal. Il y a aussi le dénommé Bimbo. Une ordure d'Ali Baba. Je l'ai interviewé deux fois. Il y a trois heures de cela environ, je débarque dans son repaire de voleurs pour discuter un peu avec lui, et je vois la fille en train d'empocher le fric qu'il lui file. La même cinglée que j'ai vue traîner à Harvard Square, déguisée en Raggedy Ann. La même cinglée que j'ai vue traîner autour de Monique à plusieurs reprises.

– Autour d'elle ? Comment ça ?

Win s'adosse à sa voiture, les bras croisés.

Cal hausse les épaules, il sirote son café chocolaté.

– Dans les endroits où elle fait des exposés, où elle donne des conférences de presse, devant la faculté de droit, devant le tribunal. J'ai croisé cette cinglée au moins une demi-douzaine de fois au cours de ces dernières semaines, toujours en collant, avec ses grosses chaussures. Mais ça ne m'a pas frappé jusqu'à ce que je la reconnaisse à la casse. Vêtue totalement différemment, avec des fringues larges et coiffée d'une casquette de base-ball. En train de vendre des morceaux de cuivre. J'ai pensé que ça vous intéresserait.

– Vous avez interrogé M. Machin-Chose à son sujet ?

– Bimbo ? Évidemment. Je m'attendais à sa réponse. Il ne sait rien. Traduction : elle lui vend des trucs volés. Pas vrai ?

– Et ensuite ?

– Je l'ai filée un petit moment. Elle conduit un van Volkswagen style Woodstock, avec des rideaux aux fenêtres. Je parie qu'elle dort dans cette épave. On n'avait même pas traversé la Mystic River que j'ai eu le sentiment d'être suivi. Par un autre van. Dans le genre véhicule de chantier celui-ci, peut-être un de ceux que j'avais vus auparavant chez

Bimbo. Alors j'ai laissé tomber vite fait, je suis sorti à Charlestown.

– Vous voulez dire que le journaliste intrépide a abandonné la poursuite ?

– Avec ces voleurs de cuivre de Chelsea ? Vous rigolez ? répond Cal. Si vous leur cherchez des poux dans la tête, vous vous retrouvez dans un coffre de bagnole, égorgé.

CHAPITRE 7

Un sergent fait entrer Win dans une pièce exiguë, humide et mal éclairée ; elle ne contient que de vieux meubles de classement métalliques et des étagères sur lesquelles s'empilent des boîtes et des registres poussiéreux. La salle des archives de la police de Watertown est une ancienne chambre forte de banque, elle est située juste sous la prison.

– Je suppose que vous n'avez pas de système de classement pour tout ce qui se trouve ici ? dit Win.

– Oh, je suis navré. La responsable est malade aujourd'hui et ses dix assistants sont en vacances. Si vous trouvez ce que vous cherchez, sortez le dossier. Pas de photocopies. Pas de photos. Vous pouvez prendre des notes. C'est tout.

La poussière et l'odeur de moisi emplissent l'atmosphère. Déjà Win sent ses sinus s'obstruer.

– Et si, une fois que j'ai trouvé ce que je cherche, vous

m'installiez là-haut, quelque part. Dans le bureau des inspecteurs, par exemple, dit Win. Une salle d'interrogatoire fera l'affaire également.

– Ah, zut, encore une mauvaise nouvelle. Les Nations unies sont en ville et occupent la salle de réunion. Les dossiers restent où ils sont, ça veut dire que si vous voulez les consulter, vous devez rester ici, vous aussi.

– Il n'y a pas d'autre lumière ?

Des tubes au néon. L'un des deux est mort et l'autre n'a plus goût à la vie.

– Vous vous rendez compte ? Tout notre personnel d'entretien est en grève.

Sur ce, le sergent disparaît avec son gros trousseau de clés.

Win allume sa lampe de poche et promène le faisceau sur les épais registres, des décennies d'archives qui remontent aux années 1920. Impossible. Sans photocopies, jamais il ne viendra à bout de ces rapports ; ce serait comme se frayer un chemin à travers la jungle sans machette. Ordinairement, quand il a tout son temps, il peut parcourir des pages et des pages d'informations denses ; ou bien, c'est encore mieux, quand il est trop occupé, il demande à un des employés de son unité de les lire à voix haute pour les enregistrer sur un CD, qu'il charge ensuite sur son ordinateur comme un fichier audio. C'est stupéfiant ce qu'il peut écouter en conduisant, en s'entraînant à la salle de sports ou en faisant son jogging. Quand il arrive au tribunal, il a mémorisé tous les détails pertinents.

Il grimpe sur un escabeau, descend le registre de l'année 1962, cherche un endroit où s'installer, opte finalement pour le tiroir d'un meuble de classement ouvert, dépose le registre dessus et le feuillette tout en éternuant ; ses yeux le démangent, il souffre. À la date du 4 avril, il découvre la mention du meurtre de Janie Brolin, rédigée à la main. Il note le lieu du crime – c'est-à-dire son adresse, puisqu'elle a été assassinée dans son appartement – et ce simple fait modifie totalement le scénario. Il ne comprend pas. Personne n'a donc rien remarqué ? L'Étrangleur de Boston ? Vous plaisantez ! Il continue à fouiller dans les tiroirs. Les affaires ne sont pas classées par ordre alphabétique mais par un numéro matricule qui se termine par l'année. Ainsi l'affaire Brolin porte le numéro WT218-62. Il parcourt du regard les étiquettes sur les tiroirs, il ouvre celui qui devrait être le bon et découvre des dossiers si serrés qu'il doit en retirer des paquets entiers pour voir ce qui s'y trouve.

Il sort le dossier Brolin, puis il passe en revue des dizaines de dossiers conservés dans le même tiroir, car il a appris depuis longtemps qu'il n'est pas rare que des documents se retrouvent accidentellement dans un autre dossier. Après une heure de démangeaisons, d'éternuements et de goût de poussière dans la bouche, il tombe sur une enveloppe coincée au fond du tiroir. Dessus figure le numéro de l'affaire Brolin. Elle contient une coupure de journal jaunie concernant un homme de vingt-six ans nommé Lonnie Parris, renversé par une voiture alors qu'il traversait près du Chicken Delight dans Massachusetts Avenue à Cambridge. L'accident avec délit de fuite s'est produit le 5 avril au petit matin, le lendemain du meurtre de Janie Brolin donc. C'est tout. Juste un vieil article de journal.

Pourquoi diable cet accident porte-t-il le numéro de l'affaire Brolin ? Win ne trouve pas le dossier relatif à la mort de Lonnie Parris, sans doute parce que l'affaire relève de la police de Cambridge. Frustré, il sort son iPhone, mais pas moyen de se connecter à Internet, ni même de passer un coup de téléphone dans cette cave. Il sort de la salle des archives, gravit un escalier et se retrouve dans la salle d'écrou de la prison. Appareils photo, éthylotests, casiers pour déposer des affaires personnelles et aux murs des menottes suspendues à des clous pour que les prisonniers se tiennent tranquilles en attendant qu'on prélève leurs empreintes et qu'on les photographie.

Bon Dieu, toujours pas de réseau. Il se glisse derrière le bureau pour décrocher le téléphone fixe, mais il ne connaît pas le code pour appeler l'extérieur.

Une voix forte le fait sursauter :

– Stump ? C'est vous ?

Il y a quelqu'un dans une des cellules, une détenue. Sans doute enfermée ici en attendant d'être transférée à la prison située au dernier étage du palais de justice du comté de Middlesex.

Encore cette voix :

– Je commence à en avoir assez, OK? C'est vous, Stump ?

Win passe devant des cellules vides ; les épaisses portes métalliques sont grandes ouvertes ; il perçoit l'odeur d'ammoniaque de l'urine. La porte de la quatrième cellule est fermée ; dessus on a écrit « Q5+ ». Le code pour les risques de suicide.

– Stump ?

– Je peux la prévenir, dit Win en regardant à travers la petite fenêtre grillagée.

Il n'en croit pas ses yeux : Raggedy Ann est assise en tailleur sur une dalle de béton qui fait office de lit, à l'intérieur d'une cellule en parpaings à peine plus grande qu'un placard.

– Ça ne va pas? demande-t-il. Vous avez besoin de quelque chose ?

– Où est Stump ? Je veux voir Stump !

Sur le mur du couloir, à côté de la porte, se trouve un téléphone qui permet aux prisonniers d'appeler en PCV, et juste en face, sur le bord d'une fenêtre, il y a un flacon de désinfectant pour les mains.

– J'ai faim ! braille la détenue.

– Pourquoi vous ont-ils enfermée ?

– Geronimo. Je vous connais.

Maintenant qu'il entend son accent, il se souvient de ce que lui a dit Farouk au sujet de la « meuf ». Une Blanche qui parlait « noir ».

– Vous me connaissez ? Comment ? À part qu'on se croise de temps en temps, dit-il assez gentiment.

– J'ai rien à vous dire. Foutez le camp !

– Je peux vous trouver quelque chose à manger, si vous voulez.

– Un cheeseburger, des frites et un Coca Light.

– Et en dessert ? demande Win.

– Je mange pas de trucs sucrés.

Fresca, Coca Light, rien de sucré. C'est plutôt rare chez les junkies, se dit-il. La plupart des accros à l'héroïne en période de cure n'ont jamais assez de sucre. Ce qu'il y a de bien quand on regarde à travers une fenêtre grillagée, c'est qu'on peut observer sans paraître trop indiscret. Elle porte les mêmes vêtements amples qu'à la casse. Ses baskets ont encore leurs lacets. Inhabituel pour une candidate au suicide. Évidemment, dans cette cellule il n'y a ni porte-serviettes, ni barreaux à la fenêtre, ni même robinets au lavabo en inox. Rien pour passer une ceinture, un lacet ou un vêtement au cas où vous voudriez vous pendre.

Sans son accoutrement de poupée de chiffon bizarre, elle ressemble plus à une gamine des rues, qui pourrait être jolie si elle n'avait ces boucles de cheveux rouges qui se dressent dans tous les sens et ces tics nerveux. Elle tire sur ses doigts. Elle passe sa langue sur ses lèvres. Elle tape du pied à toute vitesse. Malgré tout ce qu'il a entendu à son sujet, Win ne peut s'empêcher d'éprouver de la pitié. Il sait bien qu'on ne grandit pas avec le rêve de devenir une prostituée droguée ou un sans-abri se nourrissant dans les poubelles. La plupart des êtres tourmentés qui finissent comme Raggedy Ann ont commencé leur vie avec un bagage génétique défavorable, ou bien ils ont été maltraités, ou les deux, et les problèmes débilitants qui en résultent leur font vivre un enfer sur terre.

Il décroche le téléphone mural rouge, le frotte avec le désinfectant pour les mains et passe un appel en PCV.

L'opératrice annonce à Stump qu'un certain Win Garano est en attente ; est-ce qu'elle accepte l'appel ?

– Tu appelles en PCV ? s'étonne-t-elle. Où es-tu ?

– Dans ta prison. (Ah, sa voix…) Enfin, pas vraiment dedans.

Elle se raidit.

– Que s'est-il passé ?

– Je suis allé faire un saut aux archives. Mon portable ne passait pas, alors j'ai cherché une ligne fixe. Devine qui loge dans ton charmant *bed and breakfast.*

– Que t'a-t-elle dit ?

– Elle veut te voir. Et elle réclame un cheeseburger. Pardonne-moi… (Il s'adresse manifestement à Raggedy Ann :) Quelle cuisson ? (Un murmure, puis il revient à Stump :) À point. Sans mayonnaise. Avec supplément de cornichons.

– Je suis occupée pour l'instant. Tu as sans doute oublié que je travaille au noir comme femme d'affaires à succès.

Stump coince le téléphone entre son épaule et son oreille ; elle dépose un gros morceau de gruyère sur la trancheuse. C'est l'heure de la journée où les clients viennent tous en même temps et il y a une longue queue devant le comptoir. Une femme attend avec impatience qu'on la serve et deux autres personnes entrent dans la boutique. Bientôt, grâce à Win, elle va perdre le contrôle de tous les aspects de sa vie. Maudit soit-il. Quelle idée de s'aventurer dans la prison ! Si ce n'est pas de la malchance ! On dirait qu'il est tout juste bon à lui porter malheur.

– Elle devient ronchon, ajoute Win.

– J'arrive tout de suite, lance Stump. (Elle s'adresse à la cliente pressée :) Je suis à vous dans une minute.

– Quel est le vin qui se marie le mieux avec du saumon fumé ?

– Un sancerre ou un moscato d'Asti. Dans la troisième allée. (Elle revient à Win :) Dis-lui que j'arrive, puis sors de là et attends-moi devant. Je t'expliquerai.

– Tu ne veux pas me donner un indice ?

– Mesure de précaution. Il y a eu un petit problème après que je t'ai déposé à ta voiture.

Elle ne pouvait pas se douter, évidemment, qu'il avait l'intention de se rendre dans la salle des archives du poste de police. D'ailleurs, même si elle l'avait su, elle n'aurait pas pensé qu'il irait visiter cette foutue prison.

– Attends un peu, dit Win. Elle me parle... Ah, oui. Prends des frites aussi, et j'ai oublié le Coca Light.

Sa voix... L'effet qu'elle lui fait. L'effet qu'il lui fait. C'est de pire en pire. Elle ne sait pas comment réagir. Ce n'était pas censé se passer comme ça. Ça devait être relativement simple. Il débarquait dans son service, il s'occupait de l'affaire de Lamont et il repartait. Le chef lui-même disait que cette enquête bidon ne concernait pas Stump, qu'elle ne devait pas s'en soucier ni s'en mêler. Nom de Dieu. Au départ, ça concernait uniquement Lamont. Win n'était qu'un personnage secondaire, et voilà qu'il occupe tout l'espace.

– Retrouve-moi sur le parking dans vingt à trente minutes, lui dit-elle.

Assis dans la voiture de Nana, il attend, lorsqu'une BMW 2002 rouge s'arrête à sa hauteur.

– Je suis impressionné, dit-il quand Stump baisse sa vitre. Modèle 1973. On dirait la peinture et les pare-chocs d'origine. Rouge Vérone ? J'ai toujours rêvé d'en avoir une. Les sièges en cuir noir ont l'air d'époque, eux aussi. Seuls les joints et les feutres des vitres semblent neufs. Vu d'ici, du moins. Tu l'as eue à quel âge ? Cinq ans ? Six ans peut-être ?

Il remarque le sac de Wendy's, la chaîne de fast food, sur le siège arrière et ajoute :

– Alors que s'est-il passé pour que tu envoies ta copine en prison afin de la protéger ?

– Aussitôt après avoir quitté Bimbo, elle est allée chez Filene's, le grand magasin.

– Comment elle se déplace, au fait ? Je voulais te poser la question.

– Dans un tas de ferraille, une Mini Cooper. Bref, elle est allée chez Filene's, et là elle a piqué du maquillage et un Walkman Sony.

– Ça en fait une candidate au suicide ?

– La classification Q5 + indique qu'il faut la surveiller. Elle est instable, elle disjoncte pour un rien. En d'autres termes, c'est exactement le genre de filles que tu préfères éviter.

– Personne ne t'a jamais dit que tu étais une très mauvaise menteuse ? dit Win. Filene's ne vend pas de matériel électronique. Elle n'a donc pas pu faucher un Walkman. Et je ne pense pas qu'elle conduise une Mini Cooper.

– Pourquoi est-ce que tu ne sais pas capter les signaux ? Cesse de m'interroger sur des trucs qui ne te concernent pas.

– Je capte très bien les signaux. Surtout quand ils sont aussi subtils qu'un bang supersonique. Je te donne un tuyau : n'invente jamais de détails sur des endroits que tu ne connais pas, comme les grandes surfaces discount où il n'y a pas de grandes cabines d'essayage ni un petit personnel discret. Même si je ne pense pas que tu enlèves ta prothèse quand tu essayes un jean. À mon avis, tu fréquentes plutôt quelques adresses chics, des petites boutiques où on te connaît.

– Il y a eu un problème après qu'on a quitté la casse, dit Stump. Elle a attiré l'attention de la mauvaise personne, quelqu'un qui l'a suivie.

– Tu sais qui ça pourrait être ?

Pour voir si, par hasard, Stump est capable de dire la vérité.

– Elle a parlé d'une camionnette, genre véhicule de chantier. Elle avait peur qu'un des sales types de la casse ait des soupçons et qu'il l'ait suivie. Elle a flippé, elle m'a téléphoné, alors je l'ai fait embarquer par une voiture de patrouille.

– Pour quel motif ?

– J'ai dit que j'avais un mandat d'arrêt et qu'elle avait appelé pour se rendre. J'ai expliqué qu'elle était accusée d'avoir revendu du cuivre volé.

– Tu disais qu'il n'était pas vraiment volé. C'était un leurre. De plus, on ne peut pas arrêter quelqu'un sans montrer le mandat…

– Écoute. Le but, c'était d'assurer sa sécurité. Un point, c'est tout. Je l'ai fait coffrer. Si quelqu'un l'a vraiment suivie, cette personne a eu largement le temps de voir les flics l'arrêter, lui passer les menottes et la faire monter à l'arrière de la voiture de patrouille. Je la laisserai sortir dès qu'il fera nuit.

– Ça veut dire qu'elle est grillée à la casse ?

– Si elle n'y retourne pas à un moment donné, ça confirmera les soupçons, comme quoi elle collabore avec la police. En supposant, bien évidemment, qu'elle a été suivie par quelqu'un de la casse.

Il lui rapporte alors le récit de Cal.

– Génial, dit-elle. Il ne manquait plus qu'un foutu journaliste vienne foutre sa merde. Ces gens sont vraiment impitoyables. Il devrait faire attention à ne pas se faire tuer. Au fait, qu'est-ce que tu fabriques ici ?

Elle a de l'allure dans sa BMW rouge, et son visage est joli dans la lumière de cette fin d'après-midi.

– C'est dingue comme on oublie vite, dit-il. Ma mission banale consiste à résoudre un homicide vieux de quarante-cinq ans qui pourrait avoir un lien avec l'Étrangleur de Boston. Même si je sais que ce n'est pas possible.

– C'est incroyable si tu as déjà compris ça. Miraculeux même. Tu es devin ou quoi ?

– Un coup d'œil dans vos dossiers. Tu connais bien l'histoire de la mafia dans ta charmante ville pittoresque ?

– Comme je te l'ai déjà expliqué, ma charmante ville pittoresque était plus agréable à la grande époque de la mafia. Ne me cite pas.

– L'immeuble où elle habitait se trouvait dans Galen Street, à environ deux minutes à pied de la pharmacie Piccolo, qui n'existe plus, évidemment.

– Et ?

– Le Southside. Énorme quartier de la mafia. La plupart des appartements et des maisons autour de chez Janie Brolin étaient occupés par des types de la pègre. Il se passait un tas de trucs louches, dans tous les genres. Loteries clandestines, trafic de bijoux, prostitution, avortements illégaux, tout ça autour de la pharmacie Piccolo, dans Galen et Watertown Streets. À ton avis, pourquoi n'y avait-il aucun crime dans ce quartier autrefois ? Vraiment aucun.

– Où as-tu appris tout ça, nom de Dieu? (Elle coupe le moteur de la BMW.) Tu as vu un documentaire ou quoi?

– Ce sont des choses que j'ai entendues au fil des ans, et j'ai lu quelques bouquins. Je passe pas mal de temps en bagnole. J'écoute plein de trucs sur cassette ou CD, et j'ai une bonne mémoire. Janie Brolin a été assassinée le 4 avril. Un mercredi. Le mercredi, c'était jour d'encaissement; toutes sortes de gens venaient se faire payer par les bookmakers. C'était toujours le même jour; il y avait des yeux et des oreilles partout. Tu devrais y réfléchir. Pourquoi Janie Brolin a-t-elle été une exception: le seul meurtre commis dans le Southside au début des années 1960, un jour d'encaissement par-dessus le marché. Sans oublier le FBI qui faisait ses petites affaires. Alors interroge-toi. Les flics et les fédéraux ne savaient pas qui avait tué cette fille? Tu le crois vraiment?

Stump descend de voiture et dit:

– J'espère pour toi que tu n'as pas inventé tout ça.

– J'ai le sentiment que les flics étaient dans le coup. Pour couvrir l'affaire. Tu connais le vieux dicton: « N'emmerde pas un type de la mafia, à moins d'en avoir un de ton côté. »

– Traduction?

– Collusion. Travail d'équipe. Ce n'est absolument pas un crime sexuel, point final. Tu te souviens qui était président en 1962?

Ils marchent en direction du poste de police.

– Merde alors! lâche-t-elle. Tu commences vraiment à me foutre la trouille.

– Exact. JFK. Et avant ça il était sénateur du Massachusetts, il était né là-bas, à Brookline. Tu connais la théorie sur son assassinat. La mafia. Comment savoir? On n'aura sans doute jamais la réponse. Ce que je veux dire, c'est qu'un salopard dans le genre de l'Étrangleur de Boston n'aurait jamais osé approcher de l'appartement de Janie Brolin. Et s'il avait été assez stupide pour le faire, il aurait fini dans la baie de Dorchester, écartelé, avec une hache plantée dans la poitrine.

– Tu m'intrigues, avoue Stump.

Une heure plus tard, ils sont tous les deux dans la salle des archives et ils épluchent le dossier de Janie Brolin. Stump se sert de la lampe électrique de Win, pendant que celui-ci prend des notes.

– Malgré toute ton influence, on ne peut même pas aller dans ton bureau ou ailleurs ? demande Win, dont les yeux et la gorge le démangent de nouveau.

– Tu ne comprends pas. Nous sommes quatre dans un bureau minuscule, sans compter la petite souris. (Elle fait allusion à l'agent administratif.) Tout le monde entend ce que disent les autres. Et les flics parlent. Ai-je besoin de te le préciser ?

– OK. La météo. (Win parcourt ses notes.) On sait quel temps il faisait le 4 avril ?

– Ce n'est pas indiqué dans ces rapports.

Stump a ouvert le dossier en faisant comme Win précédemment, c'est-à-dire en utilisant un tiroir en guise de table car il n'y a pas d'autre endroit pour travailler.

– Et les articles de journaux ? demande-t-il.

Elle en consulte quelques-uns. Le papier est cassant, les plis sont marqués après plus de quarante ans.

Elle dit :

– Là il est précisé que lorsque la police est arrivée à son appartement vers huit heures du matin, il pleuvait.

– Résumons ce qu'on sait pour l'instant. Le petit ami de Janie, Lonnie Parris, gardien et homme à tout faire à l'école Perkins, passait la chercher tous les matins à sept heures trente pour aller au boulot. Ce matin-là, il arrive, elle ne répond pas quand il sonne, mais la porte n'est pas fermée à clé. Il entre, il la trouve morte et appelle la police. Quand les flics arrivent, Lonnie a fichu le camp. Il a fui le lieu du crime, ce qui en fait immédiatement un suspect.

– Pourquoi appeler la police alors? Si c'est lui qui l'a tuée? se demande Stump à voix haute.

– Revenons-en aux faits, tels qu'ils sont consignés dans ces rapports. Une autre question se pose. (Il examine les photos.) Il est censé pleuvoir quand les flics débarquent. Normalement, ils déboulent tous dans l'appartement. Tu ne remarques rien d'insolite?

Stump examine les photos à son tour; il ne lui faut pas longtemps pour comprendre.

– Le tapis. Sur cette couleur crème les taches se voient. Il pleut et tous les flics vont et viennent. Pourquoi le tapis est-il propre?

– Exactement, confirme Win. Peut-être qu'il n'y avait pas autant de flics qu'on pourrait le croire? Peut-être que quelqu'un a tout nettoyé pour effacer des indices compromettants? Continuons.

– L'autopsie a été effectuée dans un salon funéraire? Ça aussi, c'est inhabituel, non? dit Stump.

– Pas en ce temps-là.

Win tourne une page de son bloc-notes. Stump lit:

– «Cause du décès: asphyxie provoquée par strangulation à l'aide d'un lien, en l'occurrence le soutien-gorge qui était noué autour de son cou. Pétéchie conjonctivale. Hémorragie à l'arrière du larynx et sur les tissus de l'épine cervicale.»

– Ce qui confirme la strangulation, dit Win. Et les autres blessures? Hématomes, coupures, morsures, ongles cassés, os brisés…

Stump parcourt le rapport d'autopsie, elle étudie les schémas.

– Apparemment, elle avait des hématomes aux poignets…

– Des marques de liens, tu veux dire. Elle avait les poignets attachés aux pieds de la chaise.

– Pas uniquement, dit Stump. Le rapport indique l'existence autour des poignets de marques « correspondant à des hématomes provoqués par la pression d'un ou plusieurs doigts… ».

– Ça signifie que le type l'a saisie par les poignets ou qu'il les a serrés de toutes ses forces. (Win continue à prendre des notes.) Autrement dit, elle s'est débattue.

– Ces traces ne peuvent pas être *post mortem* ? Il a pu traîner le corps pour le déplacer.

– Non. Quelqu'un l'a saisie par les poignets quand son pouls battait encore, dit Win. Une fois mort, on ne marque plus.

– Même genre d'hématomes au niveau des bras, ajoute Stump. *Idem* sur les hanches, les fesses et les chevilles. À croire que partout où il l'a touchée, il a laissé des bleus.

– Continue. Quoi d'autre ?

– Tu avais raison au sujet des ongles cassés.

– Geste de défense. Elle a peut-être griffé son meurtrier, dit Win. J'espère qu'ils ont effectué des prélèvements sous ses ongles. Même si, à l'époque, ils ne pratiquaient pas de tests ADN. Mais ils ont peut-être cherché un groupe sanguin.

Les rapports en question sont là. Des échantillons ont été prélevés dans différents orifices. Négatif pour le fluide séminal. Rien sous les ongles, dit Stump. Peut-être qu'ils n'ont pas cherché. Les enquêtes médico-légales étaient différentes en ce temps-là, c'est le moins qu'on puisse dire.

– Y a-t-il un rapport toxicologique ? demande Win en prenant des notes avec sa sténo personnelle, des abréviations et une orthographe que lui seul peut déchiffrer. Il est fait mention d'alcool, de drogue ?

Après quelques minutes passées à éplucher le dossier, Stump tombe sur un rapport du laboratoire de Commonwealth Avenue à Boston.

– Négatif pour ce qui concerne la drogue et l'alcool, mais ça, c'est intéressant… (Elle brandit un rapport de police.) Il est indiqué qu'elle aurait pu se droguer.

– Pas de drogue dans l'appartement ? (Win fronce les sourcils.) Ça ne tient pas debout. De l'alcool ?

– Je cherche…

– Y a-t-il quelque chose dans le rapport d'autopsie qui pourrait indiquer qu'elle était alcoolique ou toxicomane ?

– Je ne vois rien.

– Dans ce cas, pourquoi quelqu'un irait suggérer qu'elle avait pu se droguer ? Et dans la poubelle ? On a trouvé quelque chose ? Et dans l'armoire à pharmacie ? Qu'est-ce qu'ils ont emporté ?

– Ah, voilà…, dit Stump. Une seringue usagée avec une aiguille tordue dans la poubelle. De la salle de bains. Et dans l'armoire à pharmacie, un flacon contenant une substance inconnue.

– Le flacon a certainement été envoyé au labo. Avec la seringue. Aucun rapport à ce sujet ?

– Indices, indices… (Elle se parle à voix haute en parcourant les documents.) Oui, la seringue et le flacon ont été analysés. Aucune trace de drogue. Le flacon contenait, je cite, « une solution huileuse renfermant des particules indéterminées ».

– Continue, dit Win en écrivant aussi vite que possible. Qu'est-ce qu'ils ont emporté à part ça ?

– Ses vêtements, lit Stump. Jupe, chemisier, bas, chaussures… On les voit sur les photos. Son sac à main, son portefeuille. Un porte-clés avec une médaille de saint Christophe – heureusement qu'il l'a protégée – et deux clés. Une clé de l'appartement et celle de son bureau à l'école Perkins, est-il précisé. Elles étaient par terre, près de la porte. Tombées de son sac.

– Laisse-moi regarder encore une fois.

Win s'empare des photos et étudie chacune d'elles en prenant son temps.

Le lieu du crime, la morgue. Rien ne lui a échappé au premier examen, si ce n'est le scénario, qui a de moins en moins de sens à ses yeux. Le lit était fait, et apparemment Janie Brolin était habillée pour aller travailler quand on l'avait agressée. Un flacon, une seringue usagée, une substance inconnue. Aucune trace de drogue ni d'alcool.

– Dermite sur le torse. Éruption cutanée, lit Stump. Peut-être une maladie sexuellement transmissible ? Examen effectué par le Dr William Hunter.

– C'est lui qui menait les enquêtes médico-légales pour la police d'État, dit Win. À la fin des années 1930 et dans les années 1940. Il travaillait au laboratoire de médecine légale de Harvard, fondé par Frances Glessner Lee, une femme hors du commun qui s'intéressait à cette science bien avant son temps. Hélas, le service qu'elle a créé n'existe plus.

– Tu penses qu'il resterait un ou plusieurs de ces indices ? demande Stump. Dans les locaux du service de médecine légale de Boston, peut-être ?

– Il n'existait pas à l'époque, répond Win. Il date du début des années 1980. Avant, les pathologistes de Harvard s'occupaient de ces affaires. S'il existe des dossiers, ils sont à la bibliothèque médicale de Harvard. Mais ils ne conservent pas les pièces à conviction. Et fouiller là-dedans pourrait prendre des années.

Il reporte son attention sur les photos prises dans la

chambre de Janie Brolin. Tiroirs vidés, vêtements éparpillés sur le sol. Flacons de parfum, une brosse à cheveux sur une commode, et autre chose : une paire de lunettes noires.

Intrigué, il demande :

– Pourquoi les aveugles ou les malvoyants portent-ils des lunettes noires ?

– Pour indiquer aux autres qu'ils sont aveugles, je suppose. Et par pudeur également, pour cacher leurs yeux.

– Exact. Rien à voir avec la météo, avec le soleil. Je ne dis pas que les yeux des aveugles ne sont pas sensibles au soleil, mais ce n'est pas pour cette raison qu'ils portent des lunettes noires, même à l'intérieur. Regarde. (Il montre une photo à Stump.) Si Janie Brolin était prête à se rendre à son travail et si elle attendait qu'on vienne la chercher, pourquoi ses lunettes noires étaient-elles dans la chambre ? Pourquoi ne les avait-elle pas sur le nez ? Ou du moins avec elle ?

– Il pleuvait ; c'était une journée grise…

– Ce n'est pas à cause du soleil que les aveugles mettent des lunettes noires. Tu viens de le dire toi-même.

– Peut-être qu'elle les avait oubliées pour une raison quelconque. Peut-être qu'elle se trouvait dans la chambre au moment où quelqu'un est arrivé et l'a interrompue. Il peut y avoir un tas de raisons.

– Peut-être, dit-il. Peut-être pas.

– À quoi penses-tu ?

– Je pense qu'on devrait aller grignoter un morceau, répond Win.

CHAPITRE 8

Vingt et une heures. Bureau régional du FBI à Boston. L'agent spécial McClure se sert du sniffeur de la Cyber Task Force pour repérer le trafic intéressant sur Internet.

Plus précisément, des données correspondant aux caractéristiques de l'*e-mail* expédié par l'adresse IP de Monique Lamont et reçu à une autre adresse, également à Cambridge. Elle n'a pas chômé dernièrement, et l'agent McClure est obligé d'éplucher toutes ses communications, même celles qui ne peuvent avoir le moindre rapport avec le terrorisme, qu'on la soupçonne de financer par le biais d'une association d'aide aux enfants roumains que l'on dit liée à une organisation à but non lucratif baptisée FOIL. Le FBI est de plus en plus convaincu qu'une cellule terroriste se développe à Cambridge, soutenue financièrement par Lamont.

L'agent McClure ne serait absolument pas surpris. Tous ces étudiants de gauche, à Harvard et ailleurs, qui croient que la Constitution les autorise à dire et faire n'importe quoi, même si c'est anti-américain. Organiser des manifestations contre la guerre en Irak, par exemple, défiler pour la séparation de l'Église et de l'État, manquer de respect au drapeau et, encore plus choquant aux yeux du Bureau, se livrer à des attaques véhémentes contre le *Patriot Act*, qui permet à juste titre de faire ce que McClure est en train de faire : espionner un citoyen sans mandat, afin que d'autres citoyens soient protégés des attentats terroristes ou de la peur des attentats. Bien évidemment, il y a des ratés. Des surveillances de comptes bancaires, de dossiers médicaux, d'*e-mails*, de conversations téléphoniques qui se révèlent de regrettables violations de la vie privée de personnes nullement impliquées dans des activités terroristes.

Mais, du point de vue de McClure, tous ceux, ou presque, qui sont espionnés sont coupables de quelque chose. Comme ce vendeur de chez John Deere, dans l'Iowa, qui du jour au lendemain a sorti suffisamment d'argent liquide de sa poche pour rembourser les 50 000 dollars qu'il devait à diverses sociétés de crédit. Quand son compte en banque est apparu automatiquement sur une liste rouge, une enquête approfondie a révélé qu'il avait un cousin germain dont le neveu du compagnon de chambre à l'université avait épousé une femme dont la belle-fille de la sœur avait été, pendant un temps, la maîtresse d'une femme dont la meilleure amie était secrétaire à l'ambassade de la République islamique d'Iran à Ottawa. Peut-être que le vendeur de chez John Deere n'était pas impliqué dans le terrorisme, mais il s'avéra qu'il achetait de la marijuana pour des raisons médicales, à cause de prétendues nausées provoquées par une chimiothérapie.

McCLure lit en temps réel un *e-mail* envoyé à Lamont :

Je n'abandonnerai pas aussi facilement. Comment est-ce possible, après tout ce que vous avez investi dans la seule passion véritable et pure que vous ayez jamais connue dans votre vie ? Le problème, c'est que vous décidez de tout arrêter quand vous n'avez plus envie, comme si vous étiez libre de m'abandonner comme ça. Mais vous savez quoi ? Cette fois, vous vous êtes lancée dans une chose qui vous échappe. Je suis capable de causer des dégâts qui dépasseront tout ce que vous pouvez imaginer. Le moment est venu de vous montrer exactement ce que je veux dire. Demain soir, vingt-deux heures, à l'endroit habituel.

Lamont répond :

OK.

L'agent spécial McClure transfère l'*e-mail* à Jeremy Killien, à Scotland Yard, et écrit :

Le projet FOIL atteint un seuil critique.

Et puis merde ! se dit McClure, deux fois. On se fout de savoir quelle heure il est là-bas. Les types de Scotland Yard peuvent se faire sortir du lit comme les agents du FBI. Pourquoi est-ce que Killien aurait droit à des égards ? À vrai dire, ce serait un plaisir d'emmerder le superintendant Sherlock. Saloperies de *British*. Qu'ont-ils fait au juste, à part s'intéresser à Lamont à cause de son dernier coup de pub, ce qui les a amenés à découvrir qu'elle était l'objet d'une enquête, ce qui a obligé, par ricochet, le Bureau à accélérer l'allure pour éviter que Scotland Yard s'attribue les lauriers ? Ce ne sont pas les *British* qui, les premiers, ont repéré en elle une menace terroriste. Et maintenant, ils croient qu'ils peuvent débarquer en force pour souffler la vedette au Bureau.

McClure téléphone.

Quelques sonneries britanniques, puis la voix endormie de Killien, avec son accent britannique.

– Lisez vos *mails*, lui dit McClure.

– Quittez pas.

Pas très affable.

L'agent McClure entend Killien emporter son téléphone dans une autre pièce. Il entend les touches d'un clavier, des grognements :

– Ce qu'il est lent, ce truc !

Puis :

– … Ça y est presque. Ah, ça y est… Bon sang. J'aime pas ça.

– Je pense qu'il faut intervenir, conseille McClure. Je ne vois pas comment ça pourrait attendre. La question, c'est de savoir si vous voulez être présent. Si rapidement. Je me doute que…

Killien lui coupe la parole :

– On n'a pas le choix. Je prends des dispositions immédiatement.

Win s'excuse de servir des tomates importées.

– Comme si je ne le savais pas ! Il se trouve que je suis une spécialiste des produits frais, dit Stump, assise en face de lui dans le salon, à bonne distance. D'ailleurs, tu vas sûrement trouver que c'est un aveu épouvantable, mais mon vrai métier, c'est ma boutique. Mon père l'a créée à partir de rien, et ça me briserait le cœur si je devais le trahir. En ce qui concerne les tomates... un petit tuyau de professionnelle : les meilleures viennent de chez Verrill Farm, mais il faut encore attendre deux ou trois mois, en fonction de la pluie. J'adore mon boulot de flic, mais la boutique, elle, me rend mon affection.

L'éclairage est tamisé, dans l'appartement flotte l'odeur irrésistible du bacon fumé au noyer d'Amérique. Tomates fraîches ou pas, le sandwich confectionné par Win est presque une des meilleures choses qu'elle ait jamais mangées, et le chablis français qu'il a débouché est vif, sec, parfait. Stump contemple une vue typique de Cambridge : vieux bâtiments de briques, toits en ardoise et fenêtres éclairées. Quand il lui a proposé d'aller « grignoter un morceau », elle a cru qu'il parlait d'un dîner tardif dans un restaurant ; quand il a suggéré d'aller chez lui, elle a été à la fois excitée et déstabilisée. Elle aurait dû refuser. Quand il a allumé une bougie sur la table basse et baissé les lumières, elle a compris qu'elle venait de commettre une erreur tactique.

Elle repose son assiette et dit :

– Il faut vraiment que je parte.

– Ce n'est pas poli de filer aussitôt après avoir mangé.

– Tu peux m'appeler demain si tu as encore besoin d'aide. Mais...

Elle va pour se lever, mais se sent pétrifiée.

– Tu as peur de moi, hein ? dit-il dans la lumière douce et mouvante. Tu avais déjà peur de moi longtemps avant qu'on me balance cette enquête sur les bras et qu'on t'oblige à faire équipe avec moi.

– Je ne te connais pas. Et j'ai tendance à me méfier de tout ce qui n'est pas familier. Surtout quand j'essaie d'assembler les morceaux et que ça ne colle pas.

– Quels morceaux ?

– Je commence par quoi ?

– Ce que tu veux. Ensuite, on s'occupera des morceaux qui ne collent pas.

La lumière de la bougie se reflète dans les yeux de Win.

– Je crois que j'ai besoin d'un autre verre de vin, dit-elle.

– J'allais justement te servir.

Il remplit leurs deux verres, le canapé en cuir craque lorsqu'il se rapproche d'elle.

Elle le sent, elle sent son bras qui frôle sa manche, elle sent sa présence comme la pesanteur. Elle est attirée.

– Eh bien… (Elle boit une gorgée de vin.) Commençons par ça : pourquoi est-ce qu'on t'appelle « Geronimo » ?

– J'ignore qui est cet « on ». Mais pourquoi est-ce que tu n'essayes pas de deviner ? Ça pourrait être amusant.

– Un combattant redoutable. Toujours sur le sentier de la guerre. Quelqu'un qui exécute des sauts qui peuvent être fatals. Tu te souviens quand on était gosses ? On sautait du grand plongeoir en criant : « Geronimo ! »

– Je ne pouvais pas aller à la piscine quand j'étais gosse.

– Oh, non. Tu ne vas pas me faire pleurer avec une histoire de ségrégation, si ? Je sais très bien, figure-toi, que quand tu étais gamin, les gens de couleur étaient acceptés dans les lieux publics.

– Je n'ai pas parlé de ségrégation. J'ai juste dit que je ne pouvais pas aller à la piscine. Le « on » en question, c'est ma grand-mère. C'est elle qui m'a surnommé « Geronimo ». Non pas à cause de son statut de guerrier, des sauts fatals ou je ne sais quoi d'autre, mais en raison de son éloquence. C'est lui qui a dit : « Je ne peux pas croire que nous soyons inutiles, car sinon Dieu ne nous aurait pas créés. Et le soleil, l'obscurité, les vents écoutent ce que nous avons à dire. »

Stump sent sa poitrine se serrer.

– Je ne vois pas le rapport, avoue-t-elle.

– Entre ces mots et la personne assise à côté de toi ? Peut-être que je te le dirai. Mais c'est à ton tour. Pourquoi « Stump » ? Sincèrement, je ne vois aucune raison pour qu'on t'appelle comme ça.

– Le contre-torpilleur USS *Stump* pendant la Seconde Guerre.

– Je me doutais que ça pouvait être ça.

– Sérieusement. Mon père est venu dans ce pays pour échapper à Mussolini et à toutes les horreurs que tu peux imaginer quand tu penses à cette période monstrueuse. Une période qui ne se répétera jamais, j'espère, car dans ce cas je me dirais que toute notre civilisation est maudite.

– Je crains que nous ne soyons déjà maudits. Je me le dis chaque jour. Sans doute que je partirais s'il y avait un endroit où aller.

– Imagine ce que ressentent les vieux. Mon père regarde les infos trois ou quatre heures par jour ; il dit qu'il continue à espérer que les choses finiront par s'arranger s'il regarde assez longtemps. Il est dépressif. Il va chez le psy. C'est moi qui paye, étant donné que… Ne me lance pas sur le sujet de l'assurance-santé et tout ça. Quand j'étais gosse, il a commencé à m'appeler « Stump » à cause du héros de la guerre qui avait donné son nom à ce navire : le contre-amiral Felix Stump, connu pour sa galanterie, son courage. Ce navire qui portait son nom avait une devise : « La ténacité est le fondement de la victoire. » Mon père disait toujours que la clé de la réussite, c'est de ne jamais abandonner. C'est un chouette conseil pour une petite fille.

– Quand tu as eu ton accident de moto, tu n'as pas pensé à changer de surnom ?

– Comment on fait ? (Elle le regarde et, pour une raison qui lui échappe, ce qu'il vient de dire lui fait mal.) Les gens t'ont appelée « Stump » presque toute ta vie et soudain, tu leur dis : « Hé, maintenant qu'on m'a amputé la moitié de la jambe, ne m'appelez plus “Stump”. » Ce serait comme si on cessait de t'appeler « Geronimo » parce que tu aurais reçu une raclée, sauté de ton balcon, ou un truc comme ça, et que tu te retrouverais paralysé.

– Dois-je comprendre que tu avais des pulsions suicidaires quand tu as envoyé ta moto dans une barrière de sécurité ?

Prenant son verre de vin sur la table basse, elle dit :

– Je suppose que Lamont ne t'a jamais parlé de mon accident. Étant donné qu'elle n'a jamais vraiment parlé de moi, d'après toi.

– Elle n'a jamais parlé de toi… d'après elle. Pas une fois, sauf l'autre matin, quand elle m'a annoncé que j'allais faire équipe avec toi. Ce qui, soit dit en passant, n'était pas vrai à ce moment-là puisque tu n'avais pas l'intention de m'aider.

– Si elle ne parle pas de moi, il y a une bonne raison, dit Stump. Et il y a également une bonne raison qui fait qu'elle regrettera toute sa vie que je ne sois pas morte dans cet accident.

Win reste muet ; il regarde par la fenêtre en buvant son vin. Elle sent la distance qui les sépare, comme si l'air entre eux venait de se rafraîchir ; l'angoisse et la culpabilité lui reviennent en plein visage, avec violence. Ce qu'elle est en train de faire n'est pas bien. Ce qu'elle a fait n'est pas bien. Elle se lève du canapé.

– Merci, dit-elle. Il faut que je file.

Win ne bouge pas. Il regarde par la fenêtre. La lueur de la bougie qui danse sur son profil pince le cœur de Stump.

– Si tu as encore besoin d'un coup de main pour les rapports ou d'autres paperasses, ce sera avec plaisir. Quand tu veux, dit-elle.

Il tourne la tête et la regarde.

– Quoi ?

– Je disais que ça ne posait pas de problème. C'est pas la

mort. (Ses pieds refusent de bouger.) Tu oublies à qui tu parles. (Pourquoi est-ce qu'elle ne la boucle pas ?) Je sais quand quelqu'un a du mal à lire. Encore une pièce de puzzle qui ne colle pas. Encore une façon pour toi de duper les gens. (Elle est soudain au bord des larmes.) Je ne comprends pas pourquoi tu as l'impression que tu dois mentir là-dessus. À chaque fois que tu viens dans ma boutique, tu poses des questions futées pour cacher que tu ne sais pas lire la liste des ingrédients sur un foutu bocal de sauce...

Il se lève, s'approche d'elle d'un air presque menaçant.

– Tu dois surmonter ça, c'est tout, dit-elle, et elle songe qu'il pourrait lui faire du mal.

Peut-être qu'elle l'y pousse. Parce qu'elle le mérite, après ce qu'elle a fait.

– Dans ce cas, on est deux canards boiteux, dit-il.

– C'est un mot horrible. Je t'interdis de l'employer devant moi. Et devant toi également.

Il la saisit par les épaules ; son visage est à quelques centimètres du sien, comme s'il allait l'embrasser ; le cœur de Stump bat si fort qu'il palpite dans son cou.

– Que s'est-il passé entre Lamont et toi ? demande-t-il. Tu m'as posé la même question. Maintenant c'est à mon tour.

– Ce n'est pas ce que tu penses.

– Comment peux-tu savoir ce que je pense ?

– Je sais très bien ce que tu penses. Exactement ce que peut penser quelqu'un comme toi. Tous les types dans ton genre ne pensent qu'au sexe. Alors, dès qu'il se passe une chose dont on ne peut pas parler, il s'agit forcément de sexe. Eh bien, sache que ce qu'elle m'a fait concerne le sexe, en effet.

Elle l'attire sur le canapé, l'oblige à poser la main sur le bas de sa jambe ; les doigts de Win cognent contre la prothèse en produisant un bruit creux.

– Ne fais pas ça, dit-il, presque couché sur elle, alors que la lumière de la bougie agite doucement l'obscurité. Ne fais pas ça, répète-t-il en se redressant.

– Le soir où on est allées chez Sacco toutes les deux. Elle a bu au moins une bouteille de vin à elle seule, et elle a parlé de son père, un aristocrate, un riche avocat de renommée internationale ; elle m'a expliqué qu'elle n'avait jamais compté pour lui, et combien elle avait peur que ça l'ait détraquée, que ça la pousse à faire des choses qu'elle ne comprend pas et qu'elle regrette par la suite. Près de nous, il y avait un type qui n'arrêtait pas de la regarder, il l'a draguée toute la soirée. Pour finir, elle l'a ramené chez moi et ils ont fait ça dans ma chambre. C'est moi qui ai dormi sur le canapé.

Silence. Win lui masse la nuque.

– C'était un minable, un type stupide, vulgaire, inculte. Et le hasard a voulu que ce soit un ex-détenu qu'elle avait envoyé en prison quelques années plus tôt. Évidemment, elle ne s'en souvenait pas. Avec tous ces gens qui défilent au tribunal, toutes ces affaires, impossible de se rappeler les visages et les noms. Mais lui se souvenait d'elle. C'est pour ça qu'il l'avait draguée dans le bar.

– Elle a fait une grosse bêtise, dit Win. Et tu y as assisté. Mais est-ce vraiment si dramatique ?

– Il voulait se venger. Il voulait la baiser à fond, comme il a dit. Pour la baiser encore plus qu'elle l'avait baisé, c'est ce qu'il a crié devant ma porte le lendemain matin. Et qu'a fait Lamont ? Elle a ressorti le dossier du type, elle s'est renseignée et a découvert qu'il avait violé sa liberté conditionnelle. Le type est retourné en prison pour six mois, ou un an, je ne sais plus. Un jour, avec un de ses copains bouseux, il me voit en train de faire le plein de ma Harley à la station Mobile de la nationale 2, il me suit et m'interpelle par sa portière, il braille, il veut être sûr que je voie bien son visage avant de m'expédier contre la barrière de sécurité.

Win attire Stump contre lui et pose son menton sur le sommet de sa tête.

– Elle le sait ? demande-t-il.

– Oh, évidemment. Mais on ne pouvait rien faire, pas vrai ? Sinon, la façon dont j'avais rencontré ce type serait évoquée devant le tribunal. Je devrais expliquer qu'il m'avait paru moins risqué de les laisser baiser dans ma chambre plutôt que de la voir partir avec un connard qui l'avait draguée dans un bar. Comment, en d'autres termes, le fait de la traiter en amie m'a coûté une jambe.

Win touche sa prothèse, il glisse sa main dessus, il survole le genou, s'arrête sur la cuisse et dit :

– Il ne s'agit pas de sexe. Pas dans le sens où tu l'entends. Elle n'a pas réussi à détruire cette partie de toi, même si elle a essayé.

Le médecin légiste qui a effectué l'autopsie du corps de Janie Brolin vit dans une étroite crique de la Sudbury River, une drôle de petite maison, sur une drôle de propriété, aussi envahie par la végétation que celle de Nana.

Il manque des dalles dans le patio de derrière, presque entièrement recouvert de lierre. Un vieux canoë en bois est échoué dans un jardin constellé de jonquilles d'un jaune éclatant, de violettes et de pensées. Win sonne à la porte, il n'a pas prévenu de sa visite et sa journée a déjà mal commencé à cause des bonnes nouvelles en provenance du laboratoire. Tracy a relevé des empreintes.

Son idée d'utiliser du luminol s'est révélée payante sur un plan : une empreinte digitale fluorescente sur l'emballage de l'appareil photo jetable qu'il a trouvé dans la demeure victorienne, ce qui veut dire que la personne qui a touché le carton avait des résidus de cuivre sur les mains. Le cuivre et le sang deviennent l'un et l'autre fluorescents quand on les asperge de luminol ; un problème fréquent sur les scènes de crime, qui a joué en faveur de Win cette fois. Hélas, l'empreinte en question ne correspond à aucune de celles enregistrées dans la base de donnée de l'AFIS. Et les autres empreintes ? Celles qui se trouvent sur la bouteille de vin appartiennent à Win et à Stump ; quant à Farouk, il a laissé plusieurs empreintes partielles sur l'enveloppe qu'il a prise dans ses mains. La boîte de Fresca et le mot de Raggedy Ann portent des empreintes, identiques, mais qui ne figurent pas non plus dans l'AFIS.

Stump a menti.

Ce n'est pas le moment de penser à ça, se dit-il en appuyant de nouveau sur la sonnette du Dr Hunter.

Comment a-t-elle pu ? Dans ses bras, dans son lit, avec lui jusqu'à quatre heures du matin. Il vient de faire l'amour à un mensonge.

– Qui est là ?

Win se présente comme détective de la police d'État.

– Approchez-vous de la fenêtre et montrez-moi une preuve, dit une voix forte à travers la porte.

Win se déplace sur la véranda et colle son insigne contre la vitre. Un homme assis dans un fauteuil électrique examine l'insigne, puis Win, et, apparemment satisfait, roule jusqu'à la porte pour lui ouvrir.

– Avec toute cette insécurité par ici, j'en ai trop vu. Je ne ferais pas confiance à un scout, dit le Dr Hunter en pénétrant dans un salon tout en châtaignier vermoulu qui donne sur l'eau. Sur un bureau se trouvent un ordinateur et un modem, des piles de livres et de feuilles.

Il se place devant la cheminée et Win s'assoit au bord du foyer ; il balaie du regard les photos, dont la plupart montrent le Dr Hunter plus jeune, en compagnie d'une jolie femme dont Win suppose qu'il s'agissait de son épouse. Des moments joyeux en famille, entre amis, un article de journal encadré avec une photo en noir et blanc du Dr Hunter sur une scène de crime, au milieu d'une foule de policiers.

– J'ai l'impression de savoir pourquoi vous êtes ici, dit le médecin. Cette vieille affaire de meurtre est réapparue subitement aux infos. Janie Brolin. Je dois dire que j'ai eu du mal à y croire quand j'ai entendu ça. Pourquoi maintenant ? Il est vrai que votre sympathique procureur est réputé pour... ses surprises, dirons-nous.

– L'idée vous a-t-elle effleuré, à l'époque, que c'était l'Étrangleur de Boston qui avait pu faire le coup ?

– C'est complètement idiot. Des femmes violées et étranglées avec leurs propres vêtements, leurs corps exhibés et tout le reste ? Se servir d'une écharpe ou d'un bas pour faire un nœud, c'est une chose ; c'en est une autre d'utiliser le soutien-gorge de la victime, ce qui se produit, d'après mon expérience, quand il y a agression sexuelle de la part du meurtrier qui arrache et déchire les vêtements de la victime ; le soutien-gorge est alors le lien le plus évident et le plus pratique à cause de sa proximité avec le cou. Je dois ajouter que Janie n'était pas du genre à laisser quiconque entrer chez elle, sous aucun prétexte, à moins d'être certaine de l'identité de cette personne.

– Parce qu'elle était aveugle, suppose Win.

– Moi-même, je n'en suis pas loin. Dégénérescence maculaire. Mais la voix d'une personne m'apprend un tas de choses. Plus que dans le temps. Quand un de vos sens faiblit, les autres essaient de prendre la relève. Les journalistes étaient plus circonspects en 1962, ou peut-être que sa famille n'a pas voulu parler, ou bien ça n'intéressait pas la presse. Je ne sais pas. Mais ce qui n'a jamais été dit dans les journaux, autant que je m'en souvienne, c'est que le père de Janie Brolin était médecin à Londres, dans l'East End, et qu'il côtoyait le crime : il rafistolait régulièrement des victimes. La mère travaillait dans une pharmacie qui avait été braquée deux ou trois fois.

– Janie n'était donc pas une jeune fille naïve, dit Win.

– Fougueuse, dégourdie ; c'est pour ça qu'elle avait eu le courage de partir un an à l'étranger, toute seule, et de venir vivre à Watertown.

– À cause de l'école Perkins. Elle était aveugle et elle voulait travailler avec les aveugles.

– C'est ce qu'on a raconté.

– Vous avez eu l'occasion de parler à sa famille ?

– Avec son père, une seule fois, brièvement. Comme vous le savez, rares sont les gens qui aiment discuter avec le légiste. Ils ne peuvent pas accepter notre rôle ; ils posent généralement la même question.

– Est-ce que l'être cher a souffert.

– Exact. C'est *grosso modo* la seule chose que m'a demandée son père. Il voulait un double du certificat de décès, mais pas du rapport d'autopsie. Ni lui ni sa femme n'ont fait le déplacement jusqu'ici. Le corps a été envoyé à Londres, avec les rares objets personnels qu'elle possédait. Mais il ne voulait pas connaître les détails.

– C'est surprenant pour un médecin.

– Pas pour un père.

– Qu'avez-vous dit quand il vous a posé la question ?

– Je lui ai dit que sa fille avait souffert. Je n'ai jamais menti. On ne peut pas mentir.

Stump fait irruption dans l'esprit de Win.

– Si vous dites à quelqu'un ce qu'il veut entendre, à savoir que l'être cher n'a pas souffert, que se passe-t-il ensuite si l'affaire va devant le tribunal et que la défense découvre que vous avez dit cela ? reprend le Dr Hunter. Vous êtes pris en flagrant délit de mensonge, même si c'est pour la bonne cause. Et votre crédibilité en prend un coup. Bon. Je vais vous donner ce que j'ai. Ce n'est pas grand-chose.

Son fauteuil électrique bourdonne lorsqu'il roule vers la porte.

– J'ai exhumé tout ce que j'ai pu retrouver quand j'ai entendu parler de cette affaire aux infos. J'ai pensé que quelqu'un allait venir m'interroger et j'avais vu juste. (Il disparaît dans le couloir.) Tout ce fouillis dans mes placards, sous les lits…

Il revient peu de temps après.

– Quelques petites choses de cette époque, parce qu'on n'était pas dupes en ce temps-là. (Il gare son engin, une boîte d'archives sur les genoux, sans cesser de parler.) Pour commencer : Harvard n'était pas très enthousiaste à l'idée d'accueillir un département de médecine légale, sinon on l'aurait conservé. Nous étions peu nombreux parmi les légistes à aimer le côté enquête ; nous étions trop heureux de pratiquer des autopsies, de jouer les médecins du crime, comme nous surnommaient certaines personnes. Mais nous tenions nos propres dossiers, pour tout ce qui nous paraissait important ou que nous voulions utiliser à des fins d'enseignement, en sachant pertinemment que dès que nous aurions franchi la porte, personne ne s'intéresserait à notre héritage. Au fait, vous l'avez vue sur YouTube ?

Lamont. Par association d'idées, Win pense de nouveau à Stump.

– Je n'en reviens pas de tout ce qui se passe aujourd'hui, reprend le Dr Hunter. Je suis bien content de ne pas avoir votre âge. Je me réjouis d'avancer sur la pente descendante. Je n'ai plus beaucoup de motifs de réjouissances, à part des films amateurs réalisés par des inconnus et… Une de mes petites-filles est en Irak. Et moi, je devrais être dans une maison de retraite, avec mes amis, enfin ceux qui sont encore là. Je suis sur la liste d'attente depuis cinq ans, mon numéro est sorti récemment. Mais je n'ai pas les moyens d'y aller car je n'arrive pas à vendre ma maison. Il n'y a pas si longtemps, les gens se battaient pour l'avoir. (Il montre l'ordinateur sur son bureau, face à la rivière.) J'appelle ça une cyber-pandémie. Une fois que les vannes s'ouvrent… vous connaissez la suite.

– Je suis désolé…

– Je parle de Monique Lamont. La deuxième est pire que la première. Connectez-vous. (Encore une fois un petit geste de la main vers l'ordinateur.) J'ai programmé des alertes Google pour toutes sortes de choses : le bureau du procureur, le conseil municipal… J'aime me tenir informé de ce qui se passe dans le comté de Middlesex. Étant donné que j'y vis.

Win s'approche de l'ordinateur et se connecte à Internet ; il ne lui faut pas longtemps pour trouver la dernière vidéo.

Les Commodores chantent « Oooh, cette fille est super-canon… », Pendant que Lamont, coiffée d'un casque de chantier, au milieu d'autres officiels et d'ouvriers du bâtiment, inspecte des tonnes de plaques de béton qui se sont écroulées à l'intérieur d'un tunnel, à proximité de l'aéroport de Boston.

En voix *off*, un commentaire extrait d'une publicité de son ancienne campagne électorale : « Nous tirerons les choses au clair. Nous réclamerons justice. » Au moment où Lamont se penche pour examiner une poutre en acier tordue, sa jupe moulante remonte jusqu'à ses fesses.

Le Dr Hunter commente :

– Apparemment, ça date de la catastrophe de l'été dernier, quand le tunnel s'est effondré et a écrabouillé une voiture en tuant la conductrice. Je n'ai jamais été un fan de Monique Lamont, mais je commence à avoir de la peine pour elle. Ce n'est pas bien de faire ça à quelqu'un. Mais vous n'êtes pas venu pour cette raison. Si je connaissais la réponse concernant Janie Brolin, l'affaire aurait été résolue quand je travaillais dessus. Mon opinion est la même qu'à l'époque : un meurtre intime, maquillé en crime sexuel.

– Par son petit ami, Lonnie Parris ?

– Des voisins les ont entendus se disputer, si ma mémoire est bonne. Ce matin-là, peut-être qu'il est venu la chercher pour aller au travail, ils se sont engueulés, il l'a étranglée et il a fait croire que c'était l'œuvre d'un détraqué sexuel. En s'enfuyant, il a eu la malchance de faire une rencontre brutale avec une automobile.

– Tout ce que j'ai trouvé le concernant, c'est un article de journal ; impossible de mettre la main sur son dossier. Je suppose qu'il est à Cambridge, vu que l'affaire s'est passée là-bas. C'est vous qui avez pratiqué l'autopsie ?

– Oui. Traumatismes multiples. Pas étonnant quand on se fait écraser par une voiture.

– Écrasé ? Et non pas renversé en traversant ?

– Il a bien été écrasé, aucun doute. Plusieurs fois même. Certaines de ses blessures étaient *post mortem*, ce qui signifie qu'il était mort depuis un moment, assez longtemps pour que plusieurs voitures lui passent dessus avant que quelqu'un sente une bosse sous ses roues et décide que ça valait peut-être la peine d'aller voir. Ça a eu lieu au petit matin. Il faisait encore nuit.

– Pourrait-on imaginer qu'il était déjà mort avant d'être écrasé ?

– On aurait fait croire à un accident ? C'est possible. Tout ce que je peux vous dire, c'est qu'il n'a pas été poignardé et qu'on ne lui a pas tiré dessus. Mais il a subi de graves traumatismes, surtout à la tête, alors qu'il était encore en vie.

– Je m'étonne qu'il ait appelé la police de l'appartement de Janie, prétendument après être entré et l'avoir découverte assassinée, dit Win. Ensuite il disparaît avant l'arrivée de la police. Et moins de vingt-quatre heures plus tard on le retrouve mort au milieu de la route. Sans avoir été renversé, mais écrasé parce que déjà allongé sur la chaussée.

– On a fait de notre mieux. On ne possédait pas tous les trucs de sorcellerie que vous utilisez aujourd'hui.

– Ce n'est pas de la sorcellerie, mais nous possédons en effet des moyens qui n'existaient pas à l'époque où vous travailliez sur ces affaires, docteur Hunter. Je suis curieux de savoir, dit Win en montrant la boîte d'archives, ce que vous avez là-dedans.

– Essentiellement les mêmes vieux dossiers que vous avez sans doute consultés. Y compris ceux de Cambridge. Mais le plus intéressant… il aurait paru inconvenant que je parte avec quand j'ai pris ma retraite. Je parle, plus précisément, des échantillons pathologiques. Quand le département de science médico-légale a été démantelé, dans les années 1980, nos échantillons sont restés là-bas, et sans doute ont-ils été jetés par la suite. Je regrette de ne plus avoir les yeux de Janie Brolin. C'était tout à fait fascinant. J'avais pris l'habitude de les faire circuler dans les labos. Les gens n'en revenaient pas.

– Qu'avaient-ils de si particulier, ces yeux ? demande Win.

– Comme vous vous en doutez, au cours de l'autopsie j'ai braqué une lumière sur les pupilles de la victime, en me disant que j'allais peut-être découvrir la cause de sa cécité. Et j'ai décelé d'étranges tâches marron brillantes sur la cornée, sans doute les séquelles d'une maladie qui lui avait fait perdre la vue. Ou peut-être était-elle atteinte d'une dégénérescence neurologique non diagnostiquée qui aurait entraîné une modification de la pigmentation. Aujourd'hui encore, je ne sais pas. Mais ce n'est pas très utile pour votre enquête. Une énigme médicale qui me captive personnellement.

– Vous permettez ?

Win se lève et s'approche de la boîte d'archives.

– Je vous en prie.

Win revient vers la cheminée avec la boîte et soulève le couvercle : les paperasses et photos habituelles, et une boîte alimentaire hermétique.

– Elle est là-dedans depuis longtemps, dit le Dr Hunter. Un Tupperware. Et aussi des bocaux en verre. Les produits de base de la morgue.

Le couvercle porte une étiquette qui indique le numéro de l'affaire, devenu familier : WT218-62. La boîte contient une aiguille tordue et un petit flacon que Win tient dans la lumière.

À l'intérieur : un résidu huileux et ce qui ressemble à de minuscules paillettes de cuivre terni.

CHAPITRE 9

Après un bref arrêt au laboratoire pour déposer la seringue et le flacon, Win va prendre des nouvelles de Nana.

– Je te rapporte ta voiture ! lui crie-t-il. Porte d'entrée non verrouillée. Alarme débranchée. Au moins je peux puiser un certain réconfort dans cette constance. Car partout ailleur c'est le chaos, Nana.

Il dit tout cela en transportant les provisions dans la cuisine, sans s'apercevoir que sa grand-mère a de la visite. Cette pauvre Mme Murphy de Salem. Quelle ironie ! Nana a des clients qui viennent de la « ville des sorcières », comme on la surnomme, où l'emblème de la police est une sorcière chevauchant un balai. Sans rire.

– Oh, je ne savais pas que tu étais avec quelqu'un.

Il dépose les sacs et commence à ranger les courses.

Des provisions achetées dans une véritable épicerie, payées au prix fort.

– Comment allez-vous, madame Murphy ? demande-t-il.

– Oh, pas très bien.

– On dirait que vous avez maigri.

– Oh, pas tellement.

L'éternellement morose Mme Murphy, avec ses cent cinquante kilos.

Elle souffre d'un problème glandulaire, dit-elle. Ça ne s'arrange pas, ajoute-t-elle. Elle suit toutes les recommandations de Nana, et pendant un certain temps ça va mieux. Puis le vampire mental réapparaît, il la vide de toutes ses forces vitales pendant qu'elle dort, et ensuite elle se sent trop déprimée et fatiguée pour faire des exercices physiques ou quoi que ce soit d'autre, à part manger.

– Je comprends, dit Win. Je travaille pour un vampire mental. C'est l'enfer.

Mme Murphy s'esclaffe en frappant sur ses grosses cuisses.

– Ce que vous êtes drôle ! Vous me remontez le moral à chaque fois. Je vous avais bien dit de prendre vos distances. Vous avez vu ses films ? Je ne sais pas comment on appelle ça maintenant. La même chose que pour les candidats à la présidence. You-Two, un truc comme ça. Mais je vous fais perdre votre temps, je vous empêche d'enquêter sur cette grosse affaire qu'ils vous ont confiée tout à coup. Je me souviens de cette histoire, pas vous ? demande-t-elle à Nana. C'était comme si quelqu'un s'en était pris à Helen Keller quand elle était jeune, sauf que, évidemment, personne n'a assassiné Helen Keller. Dieu soit loué.

– Dieu soit loué, confirme Nana.

– Je me souviens d'avoir pensé que c'était comme dans Alfred Hitchcock. C'est pas très original, un tas de gens ont dit la même chose à l'époque. C'était une sorte de *Seule dans la nuit,* vous imaginez cette pauvre fille aveugle qui se débat pour composer le numéro de téléphone, pour appeler à l'aide, alors qu'elle voit même pas le téléphone, et encore moins le meurtrier. Terrifiant, non ? Bon, je vous laisse pour que vous puissiez passer un peu de temps avec votre petit-fils.

Win aide Mme Murphy à se lever.

– Ah, quel gentleman ! (Elle ouvre son sac à main, en sort un billet de 20 dollars qu'elle laisse sur la table et pointe un doigt sur Win.) J'ai toujours ma fille, vous savez. Lilly est bien brave... et elle n'a personne en ce moment.

– Je suis très occupé, hélas. Je n'ai pas de temps à consacrer à une jeune femme aussi remarquable que votre fille.

– Quel gentleman ! répète Mme Murphy.

Elle compose un numéro sur son téléphone portable et dit à la personne qui répond :

– Je m'en vais... Quoi ? Oh, non. Il vaut mieux que je t'attende dans l'allée. Je suis trop fatiguée pour faire le tour du pâté de maisons à pied, trésor.

Elle s'en va. Nana ouvre le réfrigérateur pour regarder ce que Win a apporté.

– Toutes ces merveilles, mon chéri ! s'extasie-t-elle en inspectant les placards. Qu'est devenue ton amie ?

– C'était plus facile de s'arrêter au supermarché bio. Le poulet rôti sort tout droit de la rôtisserie et la salade de riz sauvage... c'est bon pour toi. Il y a aussi des noisettes et des canneberges séchées. J'ai également fait le plein de la voiture et vérifié le niveau d'huile, te voilà parée.

– Assieds-toi une minute, dit Nana. Tu vois ça ? (Elle montre un gros médaillon en or qu'elle porte autour du cou, parmi la dizaine d'autres chaînes avec des amulettes et des symboles qu'il ne comprend pas.) J'ai une mèche de tes cheveux dans ce médaillon, de quand tu étais petit. Et j'y ai ajouté des cheveux à moi. L'énergie maternelle, mon chéri. Ta grand-mère protège son petit-fils. Des anges sillonnent la terre. N'aie pas peur.

– Si tu en croises un, envoie-le moi.

Il lui sourit.

– Qu'est devenue ton amie ?

– Quelle amie ? Et qu'est-ce qui te fait croire qu'il lui est arrivé quelque chose ?

– Celle qui a fait naître l'obscurité dans ton cœur. Ce n'est pas ce que tu crois.

– Ce n'est jamais ce que je crois, réplique-t-il. C'est ce qui rend la vie intéressante, non ? Faut que je m'en aille.

– L'Angleterre, dit-elle.

Il s'arrête sur le seuil de la pièce.

– Exact. Janie Brolin était anglaise.

On en a longuement parlé aux infos.

Lamont et Scotland Yard, le duo dynamique. Qui sait ? Peut-être sauveront-ils ce qu'il reste du monde.

– Non, dit Nana avec emphase. Il ne s'agit pas de cette pauvre fille.

Une fois dehors, il enfile sa tenue de moto sous le regard de Mme Murphy ; son énorme sac à main en simili-cuir pend au creux de son bras énorme.

– On se croirait dans un feuilleton, dit-elle. *Star Trek.* J'adorais le capitaine Kirk. Maintenant il joue dans des pubs pour les voyages. C'est drôle, non ? Le capitaine Kirk qui fait des pubs pour les voyages ; sans doute qu'il descend dans des hôtels où personne n'est jamais descendu avant lui. (Elle rit.) Pour 99 dollars. Personne ne voit l'ironie à part moi.

Win enfile son casque et propose :

– Vous voulez monter derrière pour faire un tour ?

Elle s'esclaffe.

– Vous allez me faire faire pipi dans ma culotte ! Seigneur ! Une baleine comme moi sur un tout petit jet ski.

– Venez ! (Il tapote l'arrière du siège.) En selle ! Je vous dépose à votre voiture.

Le visage de Mme Murphy se relâche. Une lueur douce et triste apparaît dans ses yeux car elle le sent sincère.

– Voilà Ernie, dit-elle, alors qu'une Toyota s'engage dans l'allée.

Lamont est dans son bureau quand il sort de l'ascenseur. Pas besoin d'être détective pour le deviner. Sa voiture est garée sur son emplacement de parking, la porte de son bureau est fermée, et il entend des murmures de l'autre côté. Sans doute est-elle en pleine discussion avec son nouvel attaché de presse style poupée Ken. Win entre dans le bureau des détectives ; il échange quelques mots avec ses collègues, qui le regardent bizarrement car ils le croyaient parti résoudre une affaire de portée internationale. Ce dont il a surtout besoin maintenant, c'est son espace vital, son téléphone et son ordinateur. Il dépose les dossiers du Dr Hunter sur son bureau, consulte la montre, prétendument volée, de son grand-père. Il est presque vingt et une heures à Londres. Il se connecte à Internet, trouve le numéro du service d'informations de Scotland Yard, explique à la femme qui lui répond qu'il est inspecteur de police dans le Massachusetts et qu'il doit impérativement parler au commissaire. C'est urgent.

Chou blanc. C'est un peu comme appeler la Maison-Blanche pour demander à parler au président. Après toute une histoire, on lui passe une femme assez agréable au service enquêtes, qui lui apprend que la personne à qui il doit s'adresser est le superintendant Jeremy Killien. Le problème, c'est qu'il se trouve actuellement à l'étranger.

– Savez-vous où je peux le joindre ?

– Il s'est rendu aux États-Unis. C'est tout ce que je sais. Si vous rappelez demain aux horaires de bureau, peut-être qu'un des assistants administratifs du commissaire pourra vous aider.

Elle lui donne le numéro d'une ligne directe.

Il ne peut pas s'agir de l'affaire Brolin. Jamais un superintendant de Scotland Yard ne viendrait jusqu'ici pour ça. Win s'assoit pour réfléchir, il secoue un flacon d'Advil pour faire sortir trois gélules ; il a une sale migraine et cette impression d'évoluer au ralenti, comme quand il manque de sommeil, qu'il ne s'entraîne pas ou ne mange pas assez. Il s'attaque aux dossiers du Dr Hunter, qui, pour la plupart, renferment les mêmes documents que Stump et lui ont consultés dans la salle des archives. Plus question de lui demander son aide désormais, pour quoi que ce soit. Il épluche les notes, encore des paperasses, phrase par phrase, feuille par feuille, et soudain il tombe sur un nom qui le saisit.

J. Edgar Hoover.

D'autres noms, des membres de la mafia vaguement familiers, des gribouillages de l'écriture presque illisible du Dr Hunter, des allusions sommaires à une conversation qu'il a eue le 10 avril avec un journaliste d'Associated Press. Win se connecte à Internet et lance des recherches. Le journaliste en question a remporté plusieurs prix pour une série d'articles qu'il a consacrés au crime organisé. Win entreprend de les imprimer. Leur lecture lui prend du temps et, comme il s'y attendait, le journaliste est mort il y a quelques années, inutile d'espérer l'interroger.

Un peu avant dix-sept heures, son téléphone sonne.

C'est Tracy, du laboratoire.

– Rien d'intéressant au niveau de l'ADN. Aucune correspondance dans le CODIS. Mais tu avais raison, dit-elle.

Il lui demande de prélever des échantillons dans la seringue et le flacon pour les examiner au microscope électronique et effectuer une analyse aux rayons X, afin d'agrandir les particules du résidu huileux et de déterminer sa composition. En supposant que les étranges mouchetures brunâtres soient inorganiques, comme le cuivre.

– C'est bien du métal, confirme Tracy.

– Qu'est-ce qui peut contenir du cuivre, nom de Dieu ? Elle s'injectait des particules de cuivre ?

– Pas du cuivre, corrige Tracy. De l'or.

Ce qui commence à se dégager, c'est le tableau d'une violente tragédie qui, à l'instar de presque toutes celles sur lesquelles Win a enquêté, trouve son origine dans l'aléatoire, un mauvais *timing*, un incident en apparence insignifiant qui met fin d'une manière incroyablement brutale à la vie d'une personne.

Même s'il ne pourra jamais le prouver car plus personne n'est là pour en parler, il semblerait que moins de quarante-huit heures avant d'être assassinée Janie Brolin ait déclenché cet événement fatal, simplement en sortant de chez elle pour poursuivre une dispute avec son petit ami, Lonnie Parris. Win se lève de son bureau ; il s'aperçoit alors qu'il est resté assis pendant presque cinq heures. Il passe devant les boxes vides ; tout le monde est parti. À l'opposé se trouvent les services du procureur, et la porte du grand bureau de Lamont. Elle y est. Win sent son énergie intense et égoïste. Il frappe, n'attend pas la réponse, entre et referme la porte derrière lui.

Elle est debout derrière sa table en verre immaculé, en train de ranger des affaires dans son attaché-case ; elle lève les yeux vers lui, une expression de gêne parcourt son visage. Puis elle reprend son air impénétrable, en tailleur bleu-gris et chemisier noir aux reflets verts, une subtile dissonance très Armani.

Win s'assoit dans un fauteuil et dit :

– Accordez-moi quelques minutes.

– Je ne les ai pas.

Les fermoirs de son attaché-case claquent.

– Je pense que vous voudrez avoir cette information avant que je la transmette à Scotland Yard, au dénommé Jeremy Killien. Au fait, quand vous recrutez d'autres services pour mener mon enquête, ce serait plus poli de m'en informer.

Elle s'assoit à son tour et dit :

– Vous savez parfaitement que le Yard est impliqué.

– Oui, maintenant je le sais. Je l'ai appris grâce aux informations que vous avez laissées filtrer.

– Ce n'est pas moi. C'est le gouverneur.

– Ouah ! Je me demande comment il l'a su. Sans doute que quelqu'un l'a informé avant.

– Ne parlons pas de ça, répond-elle comme elle seule peut le faire – jamais un commentaire, uniquement des ordres. Visiblement, vous avez du nouveau sur notre affaire. De bonnes nouvelles, j'espère ?

– Je pense qu'il ne peut pas y avoir de bonnes nouvelles dans cette affaire. Pour vous ce n'est probablement pas une bonne nouvelle, et si Jeremy Killien n'était pas déjà en route pour les États-Unis, ou même arrivé, je vous conseillerais de l'informer qu'il n'a pas besoin de perdre le temps de Scotland Yard avec...

– Il va venir ici ? Comment le savez-vous ?

– C'est une de ses collègues qui me l'a dit. Il s'est envolé pour les États-Unis. Elle ne sait pas quand, ni pourquoi.

– Sans doute pour une autre raison. Ce n'est pas à cause de

notre affaire. (Elle n'en semble pas convaincue.) Je ne peux pas imaginer qu'il ait décidé de venir sans m'en parler avant.

Elle allume une lampe en verre soufflé ; la fenêtre derrière elle est sombre. Les lumières des immeubles environnants sont estompées par le brouillard. Il va pleuvoir et Lamont déteste la pluie. À tel point que Win lui a suggéré un jour qu'elle souffrait peut-être d'un trouble de l'humeur saisonnier. Une année, pour Noël, il lui a même offert une lampe censée avoir le même effet que le soleil et vous remonter le moral. Ça n'a pas marché. Au contraire, ça l'a exaspérée.

– Janie Brolin souffrait presque certainement de polyarthrite rhumatoïde, depuis l'enfance sans doute, explique Win. Peut-être parce que son père était médecin, elle a eu droit à un traitement assez novateur à base d'aurothiomalate de sodium. Vous connaissez ?

– Non.

Elle a dit cela d'un ton impatient, comme si elle était nerveuse parce qu'elle devait aller quelque part.

– Des sels d'or. Utilisés pour soigner la polyarthrite rhumatoïde. Difficile de déterminer le dosage. De dix à cinquante milligrammes par semaine peut-être. Ou moins, mais sur des périodes plus longues, administrés par injection. Effets indésirables possibles, parmi lesquels troubles sanguins, dermites, une tendance à marquer facilement, ce qui expliquerait la grande quantité de bleus sur son corps. Ainsi qu'une chrysiasis de la cornée…

Lamont hausse les épaules en prenant son air « je ne vous suis plus ». C'est sa façon de le traiter comme si elle s'ennuyait et le trouvait idiot. Elle est de plus en plus tendue à chaque seconde qui passe ; elle jette régulièrement des coups d'œil à la pendule en verre vénitien accrochée au mur en face de son bureau.

– Des dépôts d'or dans les cornées, qui ne provoquent pas de troubles visuels ; en d'autres termes, ils ne détériorent pas la vue. Mais à la lumière on aperçoit de minuscules mouchetures brunâtres métalliques. Ce qui était le cas lors de l'autopsie, précise Win.

– Et alors ?

– Alors, ça signifie que Janie Brolin n'était pas aveugle, mais souffrait de photosensibilité, autre effet indésirable possible de ce traitement. Et les gens dont les yeux sont sensibles à la lumière ont tendance à porter des lunettes de soleil.

– Et alors ?

– Alors, elle n'était pas aveugle.

– Et alors ?

– Vous ne voulez pas l'entendre, hein ?

– Quoi donc ? Vos pensées confuses ? Je n'ai pas le temps de faire le tri.

– Je pense que Janie Brolin a été assassinée par la mafia. Tout comme son ami Lonnie Parris. Elle habitait au cœur du quartier de la pègre, à Watertown. Elle savait parfaitement ce qui se passait autour d'elle car elle n'était pas aveugle ; ça veut dire qu'elle a certainement vu la personne qui se trouvait devant sa porte le matin du 4 avril, et ça veut dire qu'elle avait suffisamment confiance en cette personne pour la laisser entrer. Il ne s'agit pas nécessairement de son petit ami, Lonnie Parris, qui ne l'a pas plus assassinée que ce foutu Étrangleur de Boston. Je pense que lorsque Lonnie est arrivé pour la conduire à l'école Perkins, elle était déjà morte. Il est entré et il l'a trouvée.

– J'attends de savoir sur quoi vous fondez vos suppositions, répond Lamont. En fait, j'attends que tout cela ait un sens.

– Deux jours plus tôt, le 2 avril donc, dit Win, un sous-chef de la mafia, qui vivait en face de chez Janie, de l'autre côté de la rue, a utilisé ses contacts au sein du service des immatriculations pour obtenir, à partir d'une plaque de voiture, l'adresse d'un juré qui refusait de rendre un verdict de non-culpabilité. Un des gars de ce mafieux était jugé pour meurtre. Outre son intransigeance, ce juré avait lâché une remarque malencontreuse, il avait insulté ce sous-chef. Vérifiez. Tout est dans les journaux.

Le regard de Lamont. Aussi inflexible que celui d'un chat.

– Cette remarque malencontreuse laissait entendre que ce sous-chef de la mafia et Edgar J. Hoover formaient un mariage à trois avec un cadre du FBI. Remarquez, ce n'était pas la première fois qu'on en parlait. Mais dans ce cas précis le sous-chef en question, le voisin de Janie donc, a envoyé deux types au domicile du juré ; ils l'ont enlevé et conduit chez le sous-chef. Il s'agissait moins de le faire changer d'avis que de se venger. Finalement, il est mort. Son corps a fini dans le coffre d'une voiture et on ne l'a jamais retrouvé. On le sait par le biais de procès ultérieurs et les témoignages d'informateurs, etc.

– Ça a un rapport avec notre affaire ?

– Ça a un rapport avec le fait que ce soir-là, le 2 avril, d'après des notes sur lesquelles je suis tombé et divers rapports, Janie et son petit ami se sont disputés dans son appartement. Cette dispute s'est poursuivie dehors, jusqu'à ce que le gars reparte en fulminant au volant de sa voiture.

– Peut-être que je suis obtuse…, dit Lamont.

– Janie était chez elle le soir où le juré a été assassiné de l'autre côté de cette putain de rue, puis chargé dans le coffre d'une voiture. Et elle n'était pas aveugle. Quiconque la connaissait devait être au courant. On ne saura sans doute jamais ce qui s'est passé au juste, mais il est fort probable que le matin du 4 avril, un des gars de la mafia a débarqué chez elle. Un voisin probablement, quelqu'un qu'elle connaissait. Elle ouvre sa porte et c'est fini. Elle est assassinée et on fait croire à un crime sexuel et à un cambriolage. Sans savoir qu'il fait partie du scénario, Lonnie arrive, entre, fait cette macabre découverte et appelle la police. Boum. Les gars de la mafia se pointent, ils lui sautent dessus et on n'en parle plus.

– Pourquoi ?

– Il a sans doute vu la même chose que Janie le soir du 2 avril. Il représentait un danger. Ou bien, c'était un bouc émissaire. Ils ont fait croire qu'il avait tué Janie et s'était enfui avant d'être renversé accidentellement par une voiture. Sauf qu'il n'a pas été renversé. Il a été écrasé. Comment est-ce arrivé ? Il est tombé dans les pommes en traversant la rue au petit matin après le meurtre de Janie.

– Ivre ?

– Le rapport toxicologique est négatif pour la drogue et l'alcool. Joli plan. La mort de Janie est expliquée. La mort de Parris est expliquée. Fin de l'histoire.

– Fin de l'histoire ? C'est tout ?

– C'est tout. Votre théorie de l'Étrangleur de Boston ? Ça me fend le cœur, mais vous pouvez tirer un trait dessus. Vous feriez mieux d'appeler le gouverneur. Et Scotland Yard. Et de convoquer une conférence de presse. Étant donné que votre affaire de portée internationale fait déjà la une, d'ici jusqu'à la lune. Et l'Angleterre n'a rien à voir dans tout ça, si ce n'est qu'elle a perdu une gentille jeune femme tuée par des salopards de la mafia qui étaient ses voisins, alors qu'elle profitait d'une année aux États-Unis. Il aurait mieux valu qu'elle soit aveugle.

– Ce n'est jamais apparu lors de l'enquête ? Le fait qu'elle n'était pas aveugle ? demande Lamont.

– Les gens font des suppositions. Peut-être que personne n'a posé la question. Ils s'en fichaient ou ça ne leur semblait pas important. Sans oublier la volonté d'étouffer l'affaire. La police coopérait visiblement avec la mafia.

– Si elle n'était pas aveugle, pourquoi diable travaillait-elle avec eux ?

– Vous parlez des aveugles, je présume ?

– Pourquoi ? Si elle ne l'était pas ?

– Elle était atteinte d'une maladie qui la faisait souffrir au quotidien. Une maladie qui changeait sa vie. Qui la limitait, d'une certaine façon. Ça l'a incitée à redoubler d'efforts, à être plus courageuse. Les miracles et le pouvoir de l'or. Rien n'a jamais vraiment marché. Il était normal qu'elle se soucie de la douleur et de la souffrance des autres, non ?

– Ça ne valait pas le coup. C'est certain, dit Lamont. Mais c'est quand même une grosse affaire. Tout dépend comment on la présente. Ne soyons pas timorés. Il vaut mieux que la nouvelle ne vienne pas d'un communiqué ou d'une conférence de presse, dont tout le monde se méfie. Surtout de nos jours. (Elle sourit lorsque jaillit sa nouvelle idée de génie.) Un journaliste de la fac !

– Vous plaisantez.

– Je suis parfaitement sérieuse, dit-elle en se levant et en prenant son attaché-case. Ça ne viendra pas de moi, mais de vous. Je veux que vous contactiez Cal Tradd.

– Vous allez publier cette histoire dans ce torchon de *Crimson* ? Un journal d'étudiants ?

– Il a enquêté sur l'affaire, il a travaillé avec vous, avec nous, et quel super-article ! Ça devient un article sur un article. Exactement le genre de choses que les gens adorent avec cette vogue du « tout le monde est journaliste, tout le monde est la star de son propre film ». La télé-réalité, YouTube. L'Américain moyen joue les héros. Tu parles ! Bien évidemment, les médias traditionnels relaieront l'affaire, elle sera au centre des conversations et tout le monde sera content.

Win la suit hors du bureau, il décroche son iPhone de sa ceinture et repense au bout de papier dans son portefeuille. Il le sort, le déplie et tape le numéro de portable de Cal ; c'est alors qu'il remarque quelque chose, quand la porte de l'ascenseur se referme, emportant Lamont au rez-de-chaussée du palais de justice, vers sa voiture. Il brandit le bout de papier à bout de bras, il l'incline d'un côté, puis de l'autre ; il distingue difficilement les lettres gravées dans le papier, c'est une ombre diffuse derrière les chiffres que Cal a notés de son écriture soignée.

Un *D*, puis *AC*, et ce qui ressemble à un *T*, suivi d'un point d'exclamation. Il retourne dans son bureau en courant, prend une feuille de papier, un crayon, en repensant à la conversation qu'il a eue avec Stump à l'intérieur du laboratoire mobile, alors qu'elle examinait le message laissé au cours du braquage de banque le plus récent. Un message en tous points semblable aux trois autres, lors des trois braquages précédents. Soigneusement rédigés au crayon sur une feuille blanche au format 10×15, et il se sert d'une règle pour tracer un rectangle de ces dimensions : celles de la feuille que lui a donnée Cal. Win aligne les lettres en creux sur le texte du message que lui a montré Stump.

VIDEZ LA CAISSE DANS LE SAC.
IMMÉDIATEMENT ! J'AI UNE ARME.

L'image sur la vidéo de surveillance. Le braqueur avait à peu près la taille de Cal, mais il paraissait plus costaud. Aucun problème. Il suffit d'enfiler plusieurs épaisseurs de vêtements sous un survêtement ample. La peau est plus foncée. Les cheveux bruns. Il existe mille façons d'obtenir ce résultat, dont le mascara. C'est l'astuce la plus connue, ça s'en va en quelques minutes. Une rapide recherche sur le NCIC, le ficher du centre national d'informations criminelles. Cal Tradd. Sa date de naissance et l'absence de casier judiciaire, ce qui explique pourquoi il n'y a ni empreintes ni ADN. De toute façon, il n'a apparemment laissé ni les unes ni l'autre, exception faite, peut-être, d'une trace de cuivre sur l'emballage d'un appareil photo jetable mise en évidence par le luminol comme s'il s'agissait d'une trace de sang.

Braquages de banques et vols de cuivre dans toute la région. Sauf à Cambridge, où Cal suit ses études. Et à Boston, d'où il est originaire, pense Win.

Il tente de joindre Lamont, mais son appel est transféré sur une boîte vocale dès la première sonnerie. Soit elle est au téléphone, soit elle a éteint son portable. Il essaie Stump. Même chose. Il ne laisse pas de message, à aucune des deux, il quitte le palais de justice en courant, sort son équipement de moto du top-case et démarre à toute allure. Un crachin fouette sa visière et rend la chaussée glissante, alors qu'il se faufile au milieu de la circulation en direction de Cambridge.

CHAPITRE 10

La voiture de Lamont est garée dans l'allée de la ruine victorienne de Brattle Street ; aucune lumière n'est allumée, aucun signe d'une quelconque présence.

Win touche le capot de la Mercedes. Il est encore chaud et on entend les cliquetis que produit le moteur quand on vient de l'éteindre. Il contourne la maison, hors de vue, et il attend en tendant l'oreille. Rien. Les minutes passent. Toutes les fenêtres sont obscures cette fois ; aucune bougie n'est allumée dans la pièce où il a découvert le matelas et le vin. Il se passe autre chose, il le devine en regardant par la vitre qu'il a brisée l'autre soir. Le panneau du système d'alarme est éteint, pas de lumière verte. Il fait le tour de la maison à la recherche de lignes électriques coupées, d'un indice expliquant une éventuelle panne de courant. En vain. Il revient vers la porte de derrière.

Elle n'est pas verrouillée, alors il l'ouvre, il entend un bruit de pas sur le parquet. Des interrupteurs qu'on actionne d'un geste agacé. Quelqu'un va d'une pièce à l'autre. En essayant d'allumer la lumière. Win referme la porte derrière lui, bruyamment, pour que la personne en question – Lamont, il en est convaincu – sache qu'un intrus vient d'entrer.

Les pas s'approchent et Lamont lance :

– Cal ?

Win marche en direction de la voix.

– Cal ? répète-t-elle. Il n'y a plus aucune lumière nulle part. Que s'est-il passé ? Où es-tu ?

Un interrupteur cliquette dans la pièce située derrière la cuisine, là où jadis se trouvait peut-être une salle à manger. Win allume sa lampe électrique en la pointant vers le bas pour ne pas aveugler Lamont.

– Non, ce n'est pas Cal, dit-il.

Le faisceau braqué sur un mur les éclaire.

Ils se tiennent à environ deux mètres l'un de l'autre, au milieu d'une immense pièce vide avec un vieux parquet et des moulures.

– Que faites-vous ici ? s'exclame-t-elle.

Win éteint la lumière. Obscurité complète.

– Que faites-vous ?

Elle semble apeurée.

– Chut ! fait-il en marchant vers elle.

Il trouve son bras.

– Où est-il ?

– Lâchez-moi !

Il l'entraîne vers le mur et lui ordonne, dans un murmure, de rester où elle est. Ne bougez pas. Pas un bruit. Puis il attend près de l'entrée de la pièce ; il est à moins de trois mètres de Lamont, mais il a l'impression de se trouver à des kilomètres. Il attend Cal. De longues minutes de tension, puis un bruit. La porte de derrière s'ouvre. Le faisceau d'une lampe électrique pénètre dans la pièce avant l'intrus; s'ensuit un instant de confusion lorsque Win lui saute dessus, puis une bagarre éclate, des bruits de caracolade dans toutes les directions. Stump pousse un cri, puis plus rien.

– Ça va ?

– Win ?

– Win ?

Il ouvre les yeux, les lumières sont allumées dans la maison et Raggedy Ann est penchée sur lui. Elle est vêtue un peu différemment cette fois: polo, pantalon en toile épaisse avec des poches partout et un pistolet à la ceinture. Autour d'elle: Stump, Lamont et un type baraqué en costume, avec d'épais cheveux gris.

– C'est ma maison. J'ai parfaitement le droit d'être ici, est en train de dire Lamont.

Win a une terrible migraine. Il porte sa main à sa tête et sent une énorme bosse. Il regarde le sang sur ses doigts.

– Une ambulance arrive, dit Stump en s'accroupissant près de lui.

Il se redresse, tout devient noir pendant un instant.

– C'est toi qui m'as frappé ou bien dois-je remercier quelqu'un d'autre ?

– Je crains que ce soit moi, dit Raggedy Ann.

Elle se présente: agent spécial McClure, FBI. Le costaud en costume est Jeremy Killien, de Scotland Yard. Maintenant que Win connaît toute la distribution, il suggère de diffuser un avis de recherche concernant Cal Tradd. C'est certainement un braqueur de banques doublé d'un voleur de cuivre, et s'il a attiré Monique Lamont ici, c'était afin de la faire chanter, de la soudoyer et de la menacer. Monique et Win ont tout organisé. Cette visite nocturne faisait partie d'un coup monté qui vient de tomber à l'eau. Lamont regarde Win pendant qu'il débite son histoire. Pas une lueur de gratitude dans ses yeux, alors qu'il lui sauve la mise.

– Quel coup monté ? demande McClure, perplexe.

Win se masse la tête et dit :

– Monique et moi, on est sur la piste de ce type depuis un certain temps. Il avait pris l'habitude de me suivre partout avant d'en faire autant avec elle, sans parler de son désir obsessionnel de couvrir les crimes dont on le soupçonnait. Comportement typique d'un sociopathe. Ce petit génie de dix-sept ans – seize en fait car son anniversaire n'est que la semaine prochaine – protégeait et contrôlait toute sa vie, jusqu'à ce qu'il quitte enfin son foyer pour entrer à l'université, bien plus jeune que les autres étudiants.

Le visage de Lamont demeure impassible. Mais Win est convaincu qu'elle ne savait pas. Et même, elle ne s'abaisserait pas à coucher avec un mineur, si c'était bien cela qu'ils faisaient quand ils se retrouvaient dans cette maison, que Cal a sans doute vandalisée en volant tout le cuivre. Avant de la photographier. Pour garder des souvenirs, comme il l'a fait dans bien d'autres endroits. Des crimes pour le frisson. Pas parce qu'il a besoin d'argent. Imaginez un peu. Super-voleur. Vous faites des reportages sur les vols de cuivre et les braquages que vous avez vous-même commis, vous devenez copain avec les gens qui enquêtent sur vos crimes et vous vous envoyez en l'air avec le procureur. Quel enfant prodige !

– Tout cela est très embarrassant, dit Killien, écœuré.

– Qui a eu la brillante idée de couper le courant ? (Win regarde McClure.) Oh ! Vous, le F Big I. Et ensuite ? (Il se masse la tête.) Vous appelez la compagnie d'électricité pour faire rétablir le jus ? C'est chouette d'avoir un réseau pareil sans vouloir faire de jeu de mots. (Il se tourne vers

Stump.) Je n'ai pas besoin d'ambulance. (Une fois de plus, il palpe la bosse sur son crâne.) À vrai dire, je me sens plus intelligent tout à coup. Ne dit-on pas que certaines personnes qui se font assommer par une torche électrique se réveillent avec un QI plus élevé ?

– Quel coup monté ?

Stump n'a pas envie de rire. Les autres non plus. Ils le considèrent tous d'un air sévère.

– Tu ne m'as jamais parlé d'un coup monté, reprend Stump.

– Tu n'as pas été très franche non plus. Au sujet de l'agent spécial Raggedy Ann en tout cas.

– McClure, rectifie l'agent du FBI.

– Une empreinte sur une boîte de Fresca, dit Win en s'adressant toujours à Stump. Une empreinte sur une lettre déposée à mon domicile. Aucune correspondance dans le fichier informatisé ; ça veut dire que la personne qui a laissé ces empreintes n'a pas fait de prison pour avoir poignardé son mac. Elle n'a aucun casier judiciaire, c'est certain. Maintenant que je sais que c'est un agent du FBI, infiltré ou un truc dans le genre, je ne suis pas surpris que ses empreintes ne figurent nulle part.

– Je ne pouvais pas te le dire, répond Stump.

– Je comprends, dit Win. Tu ne pouvais pas me dire, évidemment, que cette prétendue criminelle est en réalité un indic qui est en réalité un agent du FBI qui m'espionnait car en réalité elle espionnait Lamont.

– Je crois que vous devriez vous rallonger, lui conseille Killien.

Stump poursuit son explication :

– Voyant que tu étais déterminé à la suivre, Win, j'ai été obligée d'inventer le scénario de Filippello Park, je lui ai demandé d'aller déposer ce mot, et ainsi de suite. Comme ça, je donnais l'impression d'être obligée de te révéler que c'était une informatrice, pour te pousser à faire marche arrière avant de comprendre qu'elle appartenait au FBI. Tu sais comment ça marche. On ne dévoile pas nos informateurs et si je t'avais livré cette information trop facilement, tu aurais eu des doutes. Il fallait que je trouve une ruse. Je devais te persuader que j'étais dans l'obligation de la démasquer, en t'ordonnant de ne plus te mêler de cette affaire.

Ils s'affrontent du regard.

– Je suis désolée, dit Stump.

– Alors pourquoi cette petite fête ? demande Win en s'adressant à l'assemblée. Pourquoi sommes-nous ici ? Pas à cause de Janie Brolin. Ni de Cal Tradd.

– Je crois que nous sommes ici, tout simplement, à cause de votre procureur, dit Killien en regardant Lamont. Les orphelins roumains. Les importants transferts d'argent. C'est ce qui vous a fait repérer, qui a attiré sur vous l'attention du FBI et de la Sûreté territoriale. Et, pour finir, de Scotland Yard, malheureusement.

– Ce que je devrais faire, c'est traîner en justice chacun d'entre vous ! dit Lamont.

C'est McClure qui répond :

– Vos communications par *mails* avec...

– Avec Cal. (Lamont endosse le rôle que nul ne joue aussi bien qu'elle : elle est redevenue le procureur.) Je pense que l'inspecteur Garano a clairement expliqué notre stratégie depuis que ces braquages de banques et ces vols de cuivre ont débuté dans le comté de Middlesex. Mes communications avec Cal, qui se sont révélées intéressantes, c'est le moins qu'on puisse dire, faisaient partie de ce plan.

– Vous saviez qu'elle envoyait des mails à Cal Tradd ? demande Stump à McClure.

– Non. Nous ne savions pas avec qui elle communiquait par mails. L'adresse IP nous a aiguillés à Harvard. Mais le code d'un ordinateur n'est utile que si on peut mettre la main sur cet ordinateur pour effectuer une comparaison…

– Je sais comment ça marche.

Oh, le regard de Stump.

Elle préférait sans doute McClure quand elle était Raggedy Ann.

– D'après le mail le plus récent, vous deviez retrouver cette personne…, commence McClure.

– Cal, rectifie Lamont. J'avais rendez-vous à l'endroit habituel à vingt-deux heures. C'est-à-dire ici.

– Il n'est pas venu, dit Killien.

– Il a sans doute aperçu un détachement qui arrivait au loin dans un bruit de tonnerre et il a filé, dit Win. Ce gamin a l'habitude d'échapper à la police. Il possède un sixième sens. Bref, vous débarquez et vous foutez en l'air tout le boulot que Monique et moi avons fait pendant des mois. C'est ça, le problème, quand on surveille les communications électroniques des gens, n'est-ce pas ? Surtout quand vous êtes infiltré et que vous surveillez quelqu'un qui est aussi infiltré. On monte un coup pour enquêter sur ce qui se révèle être un autre coup monté et à l'arrivée, tout le monde se retrouve le cul par terre.

Deux soirs plus tard au Harvard Faculty Club.

Les briques de style néo-géorgien, les portraits à l'huile sur lambris en acajou, les chandeliers en cuivre, les tapis persans, l'habituel bouquet de fleurs coupées dans le hall… si familiers et destinés à lui donner l'impression qu'il n'est pas à sa place. Harvard n'y est pour rien, c'est un lamontisme de plus. Elle le convoque toujours au club de l'université quand elle a besoin d'être en position de force ou plus puissante qu'en temps normal, soit parce qu'elle se sent secrètement angoissée, soit parce qu'elle a besoin de lui, ou les deux.

Win est assis dans le vieux canapé inconfortable, comme toujours ; le tic-tac d'une comtoise lui rappelle que Lamont a une minute de retard, deux minutes, trois, dix. Il regarde les gens entrer et sortir, tous ces universitaires qui rendent visite à des dignitaires et des maîtres de conférences, ou des familles aisées qui viennent voir si elles peuvent envoyer leurs enfants aisés dans cet établissement. Ce qu'il aime dans Harvard, c'est qu'on dirait une œuvre d'art d'une valeur inestimable. Vous ne la posséderez jamais. Vous ne la méritez pas. Vous pouvez juste lui rendre visite, et cette fréquentation fait de vous une personne bien meilleure, même si elle ne se souvient pas de vous ensuite. Sans doute n'a-t-elle pas remarqué votre présence. C'est ce que Win trouve triste chez Lamont, même s'il la déteste parfois, même s'il la trouve méprisable parfois.

Elle ne se contentera jamais de ce qu'elle possède.

Elle entre en repliant son parapluie et secoue son manteau quand elle l'enlève pour chasser les gouttes de pluie, tout en se dirigeant vers le vestiaire.

– Vous avez remarqué qu'il pleut toujours quand on se retrouve ici ? lui demande Win alors qu'ils entrent dans la salle à manger et s'installent à leur place habituelle, près d'une fenêtre donnant sur Quincy Street.

– J'ai besoin d'un remontant, dit-elle. Pas vous ?

Petit sourire crispé, elle croise à peine son regard.

Ça ne doit pas être facile pour elle. Elle cherche le serveur et décide que ce serait peut-être bien de commander une bouteille de vin. Blanc ou rouge ? Peu importe, dit Win.

– Pourquoi avez-vous fait ça ? (Elle lisse sa serviette sur ses genoux, elle se sert de l'eau.) Nous savons bien, vous et moi, que non seulement cette conversation ne se reproduira plus, mais elle n'a même jamais eu lieu.

– À quoi bon alors ? répond-il. Pourquoi m'avez-vous invité à dîner si c'est pour me dire qu'il ne faut pas parler et m'arracher la promesse que nous ne parlerons plus jamais de ce dont nous n'avons pas parlé ?

– Je ne suis pas d'humeur à jacasser.

– Alors crachez le morceau. Je vous écoute.

– La fondation de droit international, dit-elle. La fondation de mon père.

– Je crois que nous savons tous ce que cache le FOIL maintenant. Ou ce que vous en avez fait. Une société à responsabilité limitée, un paravent pour cacher et protéger la personne qui se trouve derrière l'achat d'une ruine victorienne de plusieurs millions de dollars qu'il faudra des années pour rénover. Dommage que vous n'ayez pas choisi un autre nom. Je ne peux pas m'empêcher de m'interroger sur le karma lié à l'utilisation d'un nom associé à un père qui vous a toujours traitée comme…

– Je pense que vous êtes mal placé pour parler de mon père.

Le serveur arrive avec un seau à champagne contenant des glaçons et une belle bouteille de montrachet. Il la débouche. Lamont goûte le vin. Une fois les deux verres remplis, le serveur repart et Lamont se plonge dans la lecture du menu.

– Je ne me souviens pas de ce que vous commandez habituellement.

Elle change de sujet. Win y revient :

– Je suis mieux placé que toutes les autres personnes que vous connaissez pour parler de votre père. Car au bout du compte, Monique, c'est pour cette raison que vous vous êtes fourrée dans un pétrin qui aurait pu…

– Je n'ai pas besoin de connaître votre version de ce qui aurait pu se passer. (Elle boit son vin.) Ça vous étonne vraiment que j'aie acheté une autre maison ? Que je puisse ne plus avoir envie de vivre dans l'ancienne ? Peut-être que j'y passerai très peu de temps. À vrai dire, j'ai loué une suite au Ritz, mais faire l'aller-retour entre ici et Boston, ce n'est pas drôle.

– Je comprends pourquoi vous avez acheté une maison. Je comprends que vous vouliez vous débarrasser de celle dans laquelle vous vivez… D'ailleurs je n'ai jamais compris comment vous avez pu y dormir une seule nuit après ce qui s'est passé. (Tout cela dit avec la plus grande prudence.) Mais analysons l'enchaînement des faits et de quelle manière les questions émotionnelles sous-jacentes vous ont entraînée dans une situation qui ne doit pas se répéter. Jamais.

Elle jette des coups d'œil autour d'elle pour s'assurer que personne n'écoute, puis elle regarde la pluie, les lampadaires, les pavés mouillés ; la tristesse effleure son visage l'espace d'un instant.

– Votre père est mort l'an dernier, reprend Win d'une voix douce, les coudes posés sur la nappe blanche. Il vous a légué la moitié de tout ce qu'il possédait. Vous n'avez jamais été dans le besoin, mais maintenant vous possédez ce que la plupart des gens appelleraient une fortune. Ce qui n'explique pas votre comportement ultérieur. Vous n'avez jamais été démunie. Si vous êtes devenue follement dépensière, c'est qu'il se passe quelque chose. Des centaines de milliers de dollars de vêtements, une voiture et Dieu sait quoi encore. Tout en liquide. Une somme colossale investie dans une maison, alors que vous en possédez déjà une qui vaut des millions de dollars. Et maintenant, vous louez une suite au Ritz. De l'argent liquide, toujours plus d'argent liquide, qui transite entre une banque française et une banque de Boston, et j'ignore combien d'autres encore.

– Mon père possédait des comptes bancaires à Londres, à Los Angeles, à New York, à Paris et en Suisse. Comment déplacer de grosses sommes d'argent autrement que par transferts ? La plupart des gens n'utilisent plus de valises, je vous le signale. Quant au fait d'acheter des vêtements ou des voitures en liquide, j'ai toujours procédé ainsi. N'achetez jamais à crédit une chose qui commence à se déprécier dès que vous sortez de la boutique. La maison de Brattle Street ? Compte tenu du marché, je l'ai eue pour une bouchée de pain, comparé à ce qu'elle vaudra une fois que je l'aurai retapée, si un jour notre économie se redresse. Je n'avais pas besoin de souscrire une hypothèque pour obtenir des déductions fiscales et je n'ai aucune envie d'évoquer avec vous la gestion de mes finances.

– Vous avez déplacé d'importantes sommes d'argent. Vous avez effectué de gros achats en liquide. Je ne vous ai jamais vue prise d'une telle folie des dépenses, et pourtant je vous connais depuis longtemps. Vous avez fait des dons à des œuvres sans vous renseigner. Puis vous avez eu cette liaison avec…

Elle l'arrête d'un geste.

– Pas de nom.

– C'est très pratique de posséder une maison dans laquelle vous n'habitez pas et qui n'est pas à votre nom, dit Win. C'est le lieu idéal pour une ou deux rencontres. Ou trois ou quatre. Mauvaise idée d'organiser ces rendez-vous au Ritz. Ou dans une maison dont les voisins vous connaissent et vous épient peut-être par la fenêtre. Dans une résidence universitaire, c'est une mauvaise idée également. (Il boit une gorgée de vin.) Avec un étudiant. (Il lève son verre.) Excellent.

Lamont détourne le regard.

– Qu'est-ce qui va être dit au tribunal ? demande-t-elle.

– Difficile d'imaginer qu'il est mineur. Personnellement, je ne l'aurais jamais deviné.

– Il a menti.

– Vous n'avez pas vérifié.

– Pourquoi l'aurais-je fait ?

– En parlant de ne pas vérifier, vous n'avez pas remarqué des traces de piqûres sur ses mains ? Au bout des doigts, dans les paumes.

– Si.

– Vous l'avez interrogé ?

– Injections de Botox pour éviter de transpirer. Son père est chirurgien esthétique. Vous le savez. Il a commencé à lui en faire quand il se produisait sur scène. Des récitals de piano. Pour que ses doigts ne glissent pas sur les touches. Maintenant, il continue le Botox parce qu'il joue toujours et qu'il est habitué.

– Et vous y avez cru ?

– Pourquoi ne l'aurais-je pas cru ?

– Oui, bien sûr, concède Win. Je n'y aurais pas pensé, moi non plus. À moins d'avoir déjà des doutes. D'autant que je n'ai jamais entendu parler de quelqu'un qui faisait ça. Du Botox dans le bout des doigts. Ça doit faire un mal de chien.

– Et ça ne marche pas à coup sûr.

– Comme tout le reste. Mais si vous entrez dans une banque et si vous glissez un mot sous la vitre du guichet, vos mains restent propres et sèches. Aucune empreinte sur le papier.

– Bonne chance pour prouver tout ça.

– On a l'empreinte de cuivre, à défaut d'un meilleur terme pour la décrire. Sur l'emballage d'appareil photo qu'il a bêtement laissé dans la cuisine de votre nouvelle-vieille maison. Ne vous en faites pas. Il va rester derrière les barreaux pendant un bon moment.

– Que va-t-il se passer ?

– Je ne comprends pas votre question, dit Win.

Elle le foudroie du regard.

– Bien sûr que si.

Le serveur avance timidement vers eux ; il capte le signal de Lamont et bat en retraite.

– C'est un menteur pathologique, dit Win. La seule fois où des témoins ont assisté à un rendez-vous… non seulement il n'était même pas là, mais les témoins en question ont eu connaissance d'une opération qui explique diverses communications électroniques que les fédéraux et d'autres préféreront ne pas rendre publiques. Étant donné que le *Patriot Act* est aussi populaire que la peste bubonique.

– Vous y étiez déjà allé, dit-elle. Dans la maison. Et vous m'avez vue regagner ma voiture. Vous avez vu ce que je transportais. Et tout le reste.

– Il n'y a aucune preuve. Quant à lui, je ne l'ai pas vu ce soir-là. Je dois préciser cependant que je n'aime pas que quelqu'un se mette dans ma peau. Ça faisait partie de l'excitation. Voler mes affaires…

– Pour vous compromettre ?

– Non. Pour me voler, moi. Psychologiquement, précise Win. C'est sans doute lié à ce que sa mère lui a dit sur moi à l'époque où ils cherchaient un appartement ; il a dû se sentir encore plus complexé et amer. Bref, je suppose qu'à sa façon il s'est mis dans ma peau, il s'est promené avec mes chaussures. Dans son esprit malade, il pensait me dominer de cette manière. Vous n'avez pas bu le vin qu'il m'avait volé.

– Je n'étais pas d'humeur, répond-elle, toujours avec ce même regard. Je n'étais pas d'humeur pour quoi que ce soit, à dire vrai. J'ai perdu mon entrain assez vite, si vous voyez ce que je veux dire.

– Les gigolos, on s'en lasse.

– J'aimerais mieux que vous évitiez ce genre de commentaires.

– Donc, cette fois-là, la seule rencontre dont j'ai été plus ou moins témoin, les choses se sont mal passées. Quand je vous ai vue quitter le tribunal, vous sembliez vous disputer avec quelqu'un. Au téléphone. Vous paraissiez bouleversée et je vous ai suivie.

– C'est vrai, je me disputais. Je ne voulais pas aller là-bas. Dans la maison. Mais il a été persuasif. Il avait des moyens de pression. Difficile pour moi de refuser. Je vais être franche un instant et vous avouer que je ne savais plus comment m'en sortir. D'ailleurs je ne sais pas non plus comment j'en suis arrivée là.

– Je vais être franc un instant et vous dire comment c'est arrivé. À mon avis. Quand on se sent impuissant, on fait des choses qui donnent une impression de pouvoir. Notre apparence. Nos vêtements. Nos maisons. Nos voitures. Payer en liquide. Faire tout ce qu'on peut pour se sentir désirable. Sexy. Y compris, peut-être, l'exhibitionnisme. (Win marque une pause.) Laissez-moi deviner. C'est lui qui a réalisé ces vidéos sur YouTube. Mais l'idée ne venait pas de lui, elle venait de vous. Encore un moyen de pression supplémentaire.

Le silence de Lamont est une réponse.

– Je dois vous reconnaître une qualité, Monique : je pense que vous êtes la personne la plus rusée que je connaisse.

Elle boit une gorgée de vin.

– Et si jamais il en parle ? À la police. Ou, pire, au tribunal.

– Vous voulez dire s'il déballe votre linge sale ? Que vous avez l'intelligence de ne pas laisser sur place après votre...

– S'il parle de quoi que ce soit ?

Win hausse les épaules.

– C'est un menteur, dit-il.

– C'est exact.

– Que fait-on d'autre quand on se sent impuissant ? On choisit une personne sûre.

– Apparemment pas. Cette histoire était tout sauf sûre.

– On veut se sentir désirable, mais à l'abri, reprend Win. La femme plus âgée, puissante. Adorée, mais sans danger car elle contrôle tout. Qu'y a-t-il de plus sûr qu'un jeune garçon brillant au tempérament artistique qui vous suit comme un chiot ?

– Vous trouvez que Stump est sans danger ? demande Lamont en adressant un signe de tête au serveur.

– Vous laissez entendre que...

– Vous savez très bien ce que j'entends par là.

Elle prendra des légumes verts à la vinaigrette et une double portion de carpaccio de thon avec du wasabi. Win commande son habituel steak. Avec une salade. Pas de pommes de terre.

– Nous sommes de très bons amis, dit-il. On travaille et on s'amuse bien ensemble.

Il est évident que Lamont veut savoir deux choses, mais elle ne peut se résoudre à l'interroger. Est-il amoureux de Stump et celle-ci lui a-t-elle raconté ce qui s'est passé, il y a longtemps, le soir où Lamont s'est soûlée à Watertown ?

– Permettez-moi de reposer ma question, dit-elle. Est-elle sans danger ?

– Permettez-moi de vous répéter que nous sommes de très bons amis. Et je me sens totalement à l'abri. Et vous ?

– Je vous attends au travail lundi, dit Lamont. Dès lors, je ne sais pas si vous aurez encore l'occasion de collaborer avec elle. À moins, évidemment, qu'un meurtre soit commis et qu'elle rapplique à bord de son camion ridicule. Ce qui m'amène au dernier point: cette organisation qu'elle a créée.

– Le FRONT.

– Que devrait-on faire à ce sujet?

– Je crois qu'on ne peut rien faire, dit Win. Cette organisation est à la hauteur de son nom. N'espérez pas vous en débarrasser.

– Loin de moi cette idée. Je me demandais comment nous pourrions l'aider. Si ça peut lui faire plaisir.

– À Stump?

– Oui. Pour la rendre heureuse. Et éviter les risques.

– Si j'étais vous, j'agirais dans ce sens, répond Win. Ce serait une très bonne chose, on peut l'affirmer… sans trop de risques.

Du même auteur

Postmortem

Éditions des Deux Terres, (nouvelle traduction), 2004

Le Livre de Poche, 2005

Mémoires mortes

Éditions des Deux Terres, (nouvelle traduction), 2004

Le Livre de Poche, 2005

Et il ne restera que poussière

Éditions des Deux Terres, (nouvelle traduction), 2005

Le Livre de Poche, 2006

Une peine d'exception

Éditions des Deux Terres, (nouvelle traduction), 2005

Le Livre de Poche, 2006

La Séquence des corps

Éditions des Deux Terres, (nouvelle traduction), 2006

Le Livre de Poche, 2007

Une mort sans nom

Éditions des Deux Terres, (nouvelle traduction), 2006

Le Livre de Poche, 2007

Morts en eaux troubles

Calmann-Lévy, 1997

Le Livre de Poche, 1998

Mordoc
Calmann-Lévy, 1998
Le Livre de Poche, 1999

La Ville des frelons
Calmann-Lévy, 1998
Le Livre de Poche, 1999

Combustion
Calmann-Lévy, 1999
Le Livre de Poche, 2000

La Griffe du Sud
Calmann-Lévy, 1999
Le Livre de Poche, 2000

Cadavre X
Calmann-Lévy, 2000
Le Livre de Poche, 2001

Dossier Benton
Calmann-Lévy, 2001
Le Livre de Poche, 2002

L'Île des chiens
Calmann-Lévy, 2002
Le Livre de Poche, 2003

Jack l'Éventreur
Éditions des Deux Terres, 2003
Le Livre de Poche, 2004

Baton Rouge
Calmann-Lévy, 2004
Le Livre de Poche, 2005

Signe suspect
Éditions des Deux Terres, 2005
Le Livre de Poche, 2006

Sans raison
Éditions des Deux Terres, 2006
Le Livre de Poche, 2008

Tolérance zéro
Éditions des Deux Terres, 2007
Le Livre de Poche, 2009

Registre des morts
Éditions des Deux Terres, 2008
Le Livre de Poche, 2009

Scarpetta
Éditions des Deux Terres, 2009

Dans la même collection

Jodi Compton
La 37e Heure

Patricia Cornwell
Jack l'Éventreur
Signe suspect
Sans raison
Tolérance zéro
Registre des morts
Scarpetta

Jeffery Deaver
Le Rectificateur
La Carte du pendu
Clair de lune

Jilliane Hoffman
Justice imminente
Ultime Témoin

Alexander McCall Smith
Le Club des philosophes amateurs
Amis, amants, chocolat
Une question d'attitude

Ruth Rendell
Rottweiler
La 13e Marche
Deux Doigts de mensonge
Et l'eau devint sang
Tu accoucheras dans la douleur

Jô Soares
Meurtres à l'Académie

RÉALISATION : NORD COMPO À VILLENEUVE-D'ASCQ
IMPRESSION SUR ROTO-PAGE PAR L'IMPRIMERIE FLOCH À MAYENNE
DÉPÔT LÉGAL : OCTOBRE 2009. N° 74707
Imprimé en France